河出文庫

大きなハードルと小さなハードル

佐藤泰志

河出書房新社

目次

大きなハードルと小さなハードル

I

美しい夏

まだ七時なのに眼が醒めてしまった。路地に面した窓から朝日が射しこんで、シングルベッドに光恵と並んで横たわっている秀雄の裸の胸を、透明な緑色に染めていた。大つぶの汗が滲んで息苦しいほどの暑さだ。犬のようだ、齢取って、ものの十歩も走るとぜいぜい肩で息を切らせ、物哀しげに路面を見つめて立ちどまる犬のようだ。そう思いながら大きく息をついて天井を見ていると、秀雄はそんな生きものになぞらえた自分にすぐ怒りを覚えた。濃いけばけばしい緑色のカーテンにも腹を立てた。安っぽく、いやらしい色だ。毎朝、眼醒めるたびに緑色に染った部屋と自分を見るのは不快だった。

なぜそんな色にしたのだ、もう少し、ましなのがあるだろう、と光恵がカーテンを買ってきた時、秀雄はいった。緑色なんて狂人の好む色だ、とまで彼はいった。光恵は取りあわなかった。安かったからだ、と光恵は一緒に買ってきたカーテンレールをさっさと取りつけながら答えた。安ければいいというものではないだろう、と秀雄は反論したが、ふたりとも失業しているのよ、といわれた。それならなおさらだ、と秀雄はなおもいった。光恵が以前レジをやっていたスーパー・マーケットの特売でたったの千五百円で売っていたのだ、と話すのを聞いて秀雄は、馬鹿野郎、おまえが勤めていたスーパー・マーケットには二度と行くな、今度行ったら、ただではすまないぞ、と怒鳴った。

ベッドの中で緑色の朝日をまともに全身に受けながら、秀雄はてのひらで胸の汗を拭った。触れあっている光恵の身体が熱かった。剝きだした肩をかすかに動かして息をしている。まったく犬並みだ、と思った。海辺にある故郷の街で高校時代を過ごしていた頃、同級生の果物問屋の息子が飼っていた老犬を思いだす。同級生の家は埋立地の市場の岸壁ぶちにあった。下が店と倉庫で、二階が住居だった。あいつの家へ行く時には、市場の中を突っ切って岸壁に出、右手にぎっしりと並んだ漁船を見て行かなければならなかった。変な場所だった。海岸の外れに建っているような気がするほど、さみしい場所で、果物問屋に似つかわしい所とはいえない。それに、いつも薄ぼんやりと暗い場所のような印象が残っている。秀雄が行くと、必ず犬が出てきたものだ。犬は岸壁の陽溜りにうずくまっていることもあった。ちょっと走ると息が切れて立ちどまってしまうほどの老犬だった。毛も抜けて、眼ヤニをいつもためていた。確か薄茶の犬だ。飼われているというより、道端を根城にしている野良犬で、時々、同級生の家人に餌を貰って、食いつないでいる、といったふうだった。長生きできないだろう、とは思ったが、みじめったらしいとも、かわいそうだとも思わなかった。好きだとも嫌いだとも感じなかった。

おかしなことだが、その犬よりも同級生のほうが先に死んだ。あれは高校を卒業する前の年の夏で、あいつは夏休みに、無人のグラウンドで、サッカーのゴールポストの下敷きになっているところを体育教師に発見された。ポストで額を直撃されていて、その日のうちに息を引き取った。懸垂でもするつもりで、ゴールポストに飛びついたらしい。ポストは安定が悪くて、倒れやすい。額を直撃したのは、懸垂をしたせいだ、ということだった。不運といえば不運な奴だった。葬儀の日に学生服を着て出かけると、老犬はやはり岸壁にうずくまって静かに息をしていた。

あの時、秀雄を見ると母親は泣いた。秀雄さんはいい友達だった、といった。本当にそうだったかどうかは、あやしいものだった。母親のいう意味が、進学のためにアパートで息子を一人住いさせた時、そこに入りびたった不良たちの中に秀雄がいなかったからだ、と知って秀雄は納得した。不良たちは夜になると入りびたって、女子学生を引っ張り込んだりしていた。彼らはしばらくして恐喝か暴力沙汰かで、警察にあげられ、無期停学処分になった。夏に入る前の一ヶ月ほどは家にいたはずだ。夏休みに入って、急に学校が懐しくなってグラウンドに出かけた、とでもいうのか。そうかもしれない。秀雄は、あの子は気の弱い子だった、とか、さみしがり屋だった、とか話す母親に何もいわなかったような気がする。緊張して焼香をすませて出てくると、あちこち毛の抜けた老犬は同じ場所に、同じようにうずくまっていた。

死んだ友達のことを思い出すには俺はまだ若い、と思って秀雄は顔を洗うことにした。おいぼれの犬のことなぞ、こんな朝でなければ、かけらも頭をよぎらないはずだ、とも思った。身体を起こすと、光恵は寝返りを打って正面を秀雄に向けた。あまり大きすぎない乳房にも乳首にも汗が滲んで光っていた。秀雄はパンツいっちょうで畳に降り、台所へ行った。眼醒めた途端、十八で不慮の事故に見舞われて死んだ友人を思い出すなんてどうかしている。五年前のことではないか。蛇口をひねった。水道管にたまっていた水はぬるま湯のようだった。それが流れきるのを待ってから、両手で水をすくって顔を洗った。昨夜から熱を持ったように鈍痛の走る右手の甲が、水に触れてひんやりと気持良かった。光恵が昨夜湿布薬をはってくれたはずだ。寝ているあいだに取れてしまったのだろう。それから乾いたタオルを取って拭いた。タオルはそのまま肩にかけ、歯ブラシを手に取った。ついでに窓をあけた。風はなかった。ブロック塀の上端にだけ八月の光があたっていた。光のあたっていない部分は、湿気を含んだように黒ずんでいた。ブロック塀の向うは新築のアパートだった。半年前、秀雄と光恵が不動産屋回りをした時、そのアパートも見たのだ。部屋はふた部屋あった。風呂もついていた。陽当りも良さそうだったし、光恵は気に入った、といった。新築だしね、まあ、あなたがたみたいな新婚さん向きですよ、奥さん、と五十過ぎの背の低い不動産屋は光恵を上眼づかいに見ていった。新婚さんと呼ばれても、奥さんと呼ばれても、光恵は恥ずかしがった様子はなかった。家賃のことを秀雄はきいた。五万とひらいたてのひらを眼の前に突きつけられて、俺たちには無理だ、と即座に首を振った。そうですかね、掘り出し物だと思いますがね。不動産屋の男はいったが、すぐに、それでは隣りのアパートを見てください、といった。結局その「隣りの」アパートに住むことになったわけだ。月、三万五千円だった。ひと部屋しかなかった。その時にはまだ秀雄は仕事がなかった。光恵も三年勤めたスーパー・マーケットをその月でやめることになっていた。それまで光恵はスーパーの寮にいた。仕事もないままに、女と一緒に暮すのを無謀だとは思わなかった。

歯ブラシを動かしながら、新築のアパートを眺めた。不動産屋の男は俺たちを値ぶみするような眼でしげしげ見つめた。新婚さんとか奥さんとかいう言葉をわざと使っていた。その言葉を使えばどんな反応を示すか、といったふうだった。それがわかると不快になったものだ。歯ブラシを動かしても右手の甲は痛んだので、左手に持ちかえた。足元で、かさかさと生きものの動く音がした。紙製のゴキブリ取り器にひっかかったゴキブリが、まだ逃げようとしてもがいているのだろう。秀雄は気にもとめなかった。それより、右手の甲の痛みをなだめなければならない、と思った。たとえ小さな痛みでも、それがあるまま、この都市の夏、この都市の舗道を歩きたくなかった。

秀雄がゴキブリ取り器を見たのは、ふたたび音がした時だ。彼は足元を見おろし、息をつめた。乾燥した灰色がかった土のような色をした、四センチほどもある蜘蛛だった。思わず後ずさりした。間違えて蜘蛛がゴキブリ取りにかかったのだ、と秀雄は思った。しかし、まじまじと見ると、そうではなかった。蜘蛛は脚をひらいてゴキブリの入る口の縁に上手にしがみついていた。秀雄はしゃがみ込んだ。蜘蛛の正面が見えた。灰色がかって黒ずんだ、たっぷりした腹の下に、ゴキブリが組みしかれていた。蜘蛛はゆっくりと顎を動かしていた。口腔にゴキブリの肉片をくわえ、顎を緩慢に動かして咀嚼していた。その音が聞こえてきそうだった。ゴキブリの艶やかな体液が蜘蛛の顎を濡らしているように感じて、秀雄はスプレー式の殺虫剤を視界の端で捜した。スプレーは台所の床板に立ててあった。彼はそこへ行ってスプレーを摑むとキャップを外した。忍び足で戻ると、蜘蛛はまだゴキブリの上に貼りついていた。できるだけ近づけて、蜘蛛めがけて吹きかけた。蜘蛛は身体をひくひくさせて、ゴキブリ取り器を離れ、威嚇するように足を高く曲げた。そろそろと蜘蛛は玄関のほうへ逃げた。秀雄は自分が脂汗を流している、と感じた。一瞬、叩き潰そうとしたがひるんでしまった。噴霧を続けた。蜘蛛も床も殺虫剤で濡れて光った。それが玄関のコンクリート床に逃げた時、外へ追いだすために、立ちあがってノブを回し、ドアを開けた。光がいっせいに入ってきた。外へ出て行ったかどうか確かめなかった。荒く肩で息をしながら、秀雄はスプレーを置き、自分がまだ歯ブラシをくわえたままなのに気づいた。コップを手に取り、水をくんで、急いでうがいをした。

光恵が起きてきた。乳房を剝きだしたままだった。光恵の背後に薄い緑の光がたちこめていた。台所まで来て、うがいをしている秀雄に、何、この匂い、といった。

秀雄は水を吐きだした。部屋のあちこちに大きな蜘蛛が貼りついているような気がした。最悪だ。部屋を緑で満たすカーテンと死んだ友人や彼が飼っていた老犬の思い出、ゴキブリと蜘蛛、まったく最悪の夏の朝だ、殺虫剤を撒いたのね、何か出たの……、何とか返事ぐらいしてよ、と光恵が背後でいった。振返って、顔をしかめた光恵を見た。

「厭なものを見た。蜘蛛だ」

「そんなもの、珍しくも何ともないわ」

「四センチもある奴だぞ。それに何をしていたと思う。ゴキブリを食っていたんだ」

「まさか」

「本当だ。むさぼり食っていた。朝っぱらからひどい」

「夢じゃないの」光恵はしゃがむとゴキブリ取り器を覗いた。裸の膝と乳房を抱きしめるような恰好で、まるめた背中には骨が一列に小さなコブを作っていた。秀雄は光恵の隣りに並んでしゃがんだ。捕獲されて接着剤に貼りついているゴキブリは、ほとんど二枚の羽と足だけが残っているだけだった。食い荒らされて、身体は空洞に近い。羽は玄関から入ってくる光を吸って幾本ものアメ色の線を浮かびあがらせて輝いていた。

「俺のいうことを信じないのか」

光恵は首を振った。そして、信じるわよ、気味が悪くなってきたわ、といった。

「捨てろよ。胸がむかつく」

「蜘蛛はどうしたの」

「玄関に逃げた。死んだかも知れないし、外へ出て行ったかもしれない。早く始末してくれ」

「男のくせに」と光恵はいったが、ゴキブリ取り器をつまもうとすると指先が緊張した。そっとつまんで、紙のゴミ袋に投げ込んだ。

「ずっとこの部屋に棲みついていたのかしら、その蜘蛛」

「ああ、そうだろ。それで俺たちの眼につかない所でゴキブリを掴まえて、食っていたんだ」

「厭だわ」

秀雄は立ちあがって煙草を取りに部屋に戻った。ベッドの枕元に置いてある煙草を取ってくわえた。火をつける前に、ベッドにあがって乱暴にカーテンを引いた。絶対に駄目だ。こんなカーテンには我慢がならない。今日、別な新しい、夏と俺たちにふさわしいカーテンを買おう。もっと落着く色で、なめらかな感情になれるようなカーテンだ。値段など少し張ってもいい。とにかくこれはお払い箱だ。まるめてゴミ箱にでも捨ててしまおう。しかし、カーテンを買いに蒲団屋か駅前のインテリアの店に行く前に、新しい部屋を捜すのだ。

煙草をくわえて台所に行った。光恵が玄関にある靴やビーチサンダルのあいだをおそるおそる覗きこんでいた。服ぐらい着たらどうなんだ、外から見えるぞ、と秀雄がいうと、光恵はどこにもいないわよ、と答えた。

「外へ逃げたんだろう」

「わからないわよ。叩き殺せばよかったのに」

「あんなに殺虫剤をかけたんだ。死んだかもしれない」

「手、まだ痛む?」

「昨夜ほどじゃない」

「湿布したほうがいいわ」

「朝飯を食ったら、部屋を捜しに行こう」

「まだいっているの。そんなことをいったって、お金ないわよ」

「何とかする。同僚に借りてもいい」

「新顔のあんたにお金を貸してくれる人がいると思うの」

秀雄はウェイター仲間の顔を次々に思い浮かべた。店は新宿にあった。封切り映画館の二階だった。昼は喫茶店で夜はパブになった。秀雄は昼の喫茶の部のウェイターに三ヶ月前に雇われたばかりだった。夜、酔っ払いの相手をするのは御免だった。ウエイター仲間は若く、未成年が多かった。秀雄自身、東京へ出て来た時は未成年で、やはりはじめに就いた仕事は新宿の狭い喫茶店だった。あれは半年しか続かなかった。そこで知り合った沖縄出身の十九のウェイターと、押入れのない三畳間で共同生活をしていた。痩せていつも下痢ばかりしている男で、東京の水があわないのではないか、と秀雄はいったりした。その男の名前は思い出せない。なんだか、しちめんどうくさい名前だったのは覚えている。秀雄は、そいつが青白く痩せているので、ネギ、と呼んでいた。夏が終るとネギは沖縄へ帰ることにした。またいつか出て来るよ、元気でやってくれ、とネギは帰る話を打ちあけた時に静かな眼で秀雄を見ていったものだ。ところが近眼の女支配人は、ネギに、給料は十五日〆めの二十五日払いだからその日でなければ払えない、そんなことはわかっているはずだ、と融通の利かないことをいった。ネギは頼んだ。沖縄へはすぐ帰りたいのだ、と。俺はこんな所にはもう一時間といたくはないのだ、と。働かなかったわけではない、働いただけの給料をくれといっているのだ、と。声は哀願に近く、繰返しネギは頭を下げた。だから二十五日に来なさい、と女支配人はレジに立って突っ撥ねた。ふざけるな、と秀雄は怒鳴った。ふたりの同僚も、客たちもびっくりして沈黙し、レジを注目した。あんたは何よ、と女支配人は金切り声になりながら、声を震わせ、かろうじていった。秀雄は女支配人に平手打ちを食わせた。勿論、頰が腫れあがるほど、力をこめたりはしなかった。それから秀雄は彼女の胸ぐらを摑んで壁に押しつけ、ネギに、レジから金を取れ、と命令した。ネギは気の弱い、内気な男だった。おろおろしているネギに、いいから取れ、おまえの金だ、と秀雄はいった。ネギがレジスターをあけて、欠勤した分を律儀に差引いた額を取り出すのを見て、秀雄は、俺の分も、といった。俺も今日かぎりやめる、と彼はいった。女支配人は何かしきりに喚いていた。ネギが金を取り出すと、手を離してやった。よくも女を殴って、と彼女はいった。おまえは女じゃない、と秀雄はいった。行こう、とネギの肩を叩いた。それからふたりで笑いながら着替え、夜の街へ出た。ネギは街へ出た後も、人混みの中でひくひく、咽を震わせて笑っていた。東京に一年半いたが、今夜が最高の夜だ、胸がすっとした、とネギはいった。翌日、沖縄へ帰った。秀雄は駅まで送った。

このあいだ、新宿駅を降りて今の店へ行く途中、その女支配人にばったり会った。向うは秀雄を覚えていなかった。すれ違う時、やあ、しばらく、と秀雄が声をかけると、からかわれたのかしら、といった顔をした。あれから幾つか職は替ったが、またぞろ、新宿に舞い戻ってしまった。ネギのように田舎に帰ろうとは思わなかった。ネギは沖縄へ帰る時、美しい風景なのだ、いい所なのだ、と田舎のことを熱心に話したものだ。アメリカ軍に占領されていてもか、骨のズイまで占領されていてもか、と秀雄はきいた。きいてから、ネギを傷つける質問のひとつに違いない、と気づいて、ああ、きっとそうだろうな、といい直した。来てくれよな、とネギは気弱な声を出した。必ず、と秀雄は答えた。それきりになってしまった。

確かに、ネギや自分が未成年でウェイターをやっていた頃と同じ年齢の、今の店の同僚に金を借りることなど、問題外だ。

「とにかく、たくさんだ。俺は東京を出る」

「何がたくさんなのよ。少しもわからないわ。昨夜、喧嘩をしたから?」

「そうかも知れない」

「何よ、自分で喧嘩をしたんじゃない」

「それに新しいカーテンを買う。仕事も、別なもう少しまともな仕事を捜す。光恵もパチンコ屋の仕事はやめろ」

「勝手なことをいわないで。暑くて頭がどうかしたのよ」

「そうだ。どうかしたんだ」秀雄は人差し指でこめかみをこづいてみせた。

「パチンコ屋やウェイターがどうしてまともじゃないの」

「考えてもみろ。もう二十三だ。いつまでもウェイターじゃない」

「笑わせるわ。殊勝ね」

「真面目だ」

光恵は部屋に行って、服を着た。Tシャツを頭からかぶり、腕を通しながら、気が弱くなったのよ、と台所の柱にもたれかかって煙草を吸っている秀雄にいった。

「あたしは東京が好きなの」

「あんなけばけばしい緑のカーテンもか」

「そんなに気に入らなければ、さっさと捨ててしまえばいいのよ。文句をいいながらいつまでもかけておくことはないわ。いっておくけど、あたしはパチンコ屋の仕事も気に入っているわ。今のあんたにはくだらない仕事に見えるでしょうけど」

「おまえは東京に残っていろ」

光恵はスカートを穿いて、秀雄を見た。秀雄は蛇口をひねって水で煙草を消し、窓の外に弾いてやった。それから冷蔵庫へ行って、古い、かちかちに固くなったパンと、冷たい牛乳を出してきた。パンと牛乳を両方の手に持って、齧りついては飲んだ。牛乳は咽や口に薄いなめらかな膜を作ってくれるようだった。パンのほうは手こずった。歯で引きちぎるようにして齧った。パンくずが床にこぼれ落ちた。

「今、食事を作るわ。そのパンを食べるのはやめなさいよ」

秀雄は牛乳でパンを咽に流し込んだ。光恵が出て来て、やめなさいったら、と短く語尾を切って、秀雄の右手からパンを奪った。指の付け根に鈍痛が走り、ちっ、と秀雄は舌打ちをした。駅のホームであの女連れの青年と殴りあいになったのは、ちょっとしたことからだった。通勤電車の中で足を踏まれたり、踏んだりすることはいくらでもあることだった。それがゆうべだけは我慢ができなかった。青年の酔っ払いぶりも、女に話しかける時の得意気な大声も、秀雄を苛立たせた。彼はひどく苛立ってい た。理由もなくだ。感情にすべて鋭い突起がふつふつ芽生えるように感じたものだ。始末におえなくなっている、と思いさえした。青年が酔っ払って身体をふらふらさせ、吊り革にぶらさがっていた秀雄に笑い声をあげながらぶつかってきた時、秀雄は青年の胸を摑んで押し戻した。思いがけず力が入っていて、自分でもびっくりしたほどだった。何をするんですか、と青年はいった。しっかり酔っ払え、と秀雄はいったのだ。

「子供みたいに馬鹿な喧嘩なんかするからよ。手当てを先にしましょう」

光恵はダンボールの薬箱を持ってきた。秀雄は牛乳を飲みながら、右手に湿布薬を貼ってくれる光恵を見ていた。

「何を見ているの」それに気づいて光恵は一瞬、眼をあげたが、すぐ繃帯をまきはじめた。「耳を見ていたんだ」と秀雄は光恵の髪から出ている耳に触った。

「いやらしい」と光恵は首を激しく振った。

秀雄は口をすぼめ、大きく息を吐いて柱に後頭部を押しつけた。蜘蛛があちこちに卵を産みつけたり、巣を張ったりしているような気がした。ひとかたまりの白濁した泡のような卵の中で無数の蜘蛛の子が育ち、時期が来ると熟した草の実が弾けるように卵の中から這い出て部屋のあちこちに散る。そして暗い湿った場所にひそんでは、ゴキブリを捕獲して食いちらかす。そのうち部屋中がまたたく間に無数の蜘蛛で占領されるような気がする。俺たちはあの四センチほどもある八本の足のある生きものに身体をしめつけられ、ゆっくりと無抵抗のまま食われていくのかも知れない。すでに俺たちの身体の上には眼に見えないそんな生きものが覆い被さっていて、知らない間に身動きできないようにされているのかも知れない。無意味で、消極的で馬鹿馬鹿しい考えだ。くだらないことを考えすぎる。この季節に消極的に考える理由がどこにある？　秀雄は腹がたった。ハサミで光恵は繃帯の端をふたつにさいた。それを紐にして手を縛った。

「ひと晩たってまだ痛むぐらいだから、相手のほうは想像がつくわ。よく警察が帰してくれたわね」

「今、何時だ」

「そろそろ八時頃だと思うわ」

「半になったら店に欠勤の電話をしよう」

「どうしても新しい町に行く気なのね」

「だからおまえは来なくていい」

光恵は食事を作ることにして冷蔵庫に行った。野菜と卵をだしてきた。台所で水を流して野菜を洗い、ガス台に火をつけてフライパンを置いた。

「冷蔵庫からハムを出して」と秀雄にいった。

秀雄は冷蔵庫から食べかけのハムを出して持って行った。

「いいわ」と光恵は野菜の水をきっていった。

手を拭いてフライパンに油をしいた。

「いいわよ。秀雄の気がすむようにするわ」

「無理に俺にあわせることはない」

「勝手なこといわないでよ。とにかく今日は仕事は休むわ。部屋を捜しに行きましょう」

光恵は熱したフライパンに卵をふたつ割って落とした。野菜はまな板に置いてあった。起きて一時間かそこらしかたっていないのに暑さは勢いをましたようだった。最高気温は三十五度になるだろう、ということだ。光恵はてきぱきと朝食の仕度をした。

駅は閑散としていた。木造の建物や日陰のコンクリートはいくらか涼しかった。一緒に降りた客は数人しかいなかった。乗る客も四、五人だった。列車には登山姿の青年たちが多かった。

改札を出ると、タクシーが三台とまっていた。運転手たちが車の外で立ち話をしていた。駅前からすぐに上り坂で旅館が一軒と商店が十軒ほど並んでいるだけだ。秀雄と光恵は行きあたりばったりに歩くことにして、坂道をのぼった。駅前に不動産屋はなかった。まず不動産屋を捜す。東京から急行で一時間程のこんな小さな町なら家賃は安いだろう。今住んでいるアパートの半分、せいぜい三分の二ほどの家賃で済むかも知れない。仕事はこの町で捜す。やれる仕事があるはずだ。もしないとしたら、さらにここから急行で一時間位行ったところにある大きな町に行けば、仕事に就くのはそうむずかしいことではないだろう。一時間の通勤なら今とさして変りはない。かえって、のんびりとしたものだ。

沖縄に帰ったネギの気持がわかるような気がする。あいつとは半年一緒に働いて、二ヶ月、共同生活をした。何を考えているのかよくわからない男だった。沖縄なまりを気にしてか無口なほうだったし、静かな性質の男だった。とにかく、あいつは沖縄に帰りたがった。そう決めると、一日と待ってはいられないようだった。あの桃色の縁の眼鏡をかけた女支配人に、給料は支払日にしか渡せない、といわれた時には落胆していた。あいつが帰郷して二年たって沖縄は日本に返還された。手紙も来たことはない。うまくやっているだろう。秀雄は時々しかネギのことは思い出さなかった。ネギのほうでもそうに違いなかった。

坂の途中で広い通りに出た。右側に折れた。銀行や喫茶店があったが、人通りは少なかった。

「映画館もないみたいだわ」

「どこか一軒ぐらいあるだろう」

「五万人ぐらい住んでいるかしら」

「どうかな。もっと少ないんじゃないか」

「でも、おもしろいわ。山の中腹を切りひらいてできたような町ね」

「気に入ったか」

「ぶらぶら歩くのと住むのじゃ違うわよ。本当にこんな所に引越したら、誰も遊びになんて来てくれないわ。それに冬はきっと寒いわよ」

道は乾いてせいせいしていた。秀雄はこの町が好ましかった。早く不動産屋を捜すつもりだった。三百メートルほど先に橋が見えた。そこまでとにかく行くことにした。途中で雑貨屋から乳母車を押して出て来た母親と会った。赤ん坊が眠っていた。向い側の銀行から、茶の夏服を着た女子行員が小走りに出て来た。彼女は秀雄たちと反対の方角に走って行った。車道は時々、大型トラックが走り抜けた。長距離の車が利用する道のようだった。トラックは橋を渡りはじめると、途中で光の底に沈むように姿を消した。向うから来る車も橋の所で不意に車体を現わすように見えた。秀雄は眼を凝らした。強い夏の逆光のせいで、車が不意に浮かびあがったり沈んだりするように見えるのだった。

橋の所でメインストリートは終りのようだった。この通りに入ってから見かけたのは乳母車を押した母親と銀行の女子行員だけだと気づいた。

「なんか陰気な町ね」と光恵はいって静かな商店の奥を覗いたりした。「映画館だけじゃないわ。パチンコ屋もないわよ。きっと息がつまるわ」

秀雄は、今の仕事場のあるあたりを思い出した。駅を降りてからそこへ行くあいだも、人混みの中を歩いて行かねばならなかった。朝のうちはまだしもだったが、夕暮れ時、仕事を終え、着替えて外へ出ると、夜の時間を愉快にはめを外して過そうとする連中でごったがえしていた。酔っ払いや恋人同士や十七、八の子供たち、チンピラやキャバレーの呼びこみの男や店々から流れる音楽、靴みがきの老人たち、激しく行きかう車や心を浮きたたせるネオン。だが、おさらばだ、と秀雄は思った。ああいったもの一切合財と金輪際、手を切る。俺はあの街を出る。

橋の百メートルほど手前まで行った時だった。光恵が不動産屋よ、と四、五軒先を指さした。古い木造の建物の時計屋の隣りに、不動産屋はあった。閉めきった戸の曇りガラスにアパートや借家の物件を書いた紙が貼ってある。秀雄は急ぎ足になった。店の前で立ちどまって、ガラスに貼ってある物件を見渡した。光恵が隣りに並んで一緒に眺めた。

「アパートの物件は少ないのね。ほとんど売家ばかりじゃない」

秀雄は黙っていた。半年前にもふたりでこうして捜したのだ。アパートの物件は確かに少なかった。より好みはできそうにない。しかし家賃は安かった。今のアパートと同じ間取りで一万五千円かせいぜい二万五千円だった。

「とにかく入ってみよう」秀雄は光恵を促して、ガラス戸をあけた。

頭の禿げた初老の背広姿の男と、女子事務員がひとりいた。男はソファで新聞を読んでいた。ふたりを見ると、

「ああ、いらっしゃい」と男は立ちあがって笑顔を作った。

女子事務員は、夏だというのに毛糸の編み物をしていて、手を休めず上眼づかいに秀雄たちを見た。女は一瞥しただけで何もいわなかった。

「さあ、どうぞ。家捜しですか」と男はソファを指さした。

「アパートはあそこにあるものだけですか」秀雄はガラス戸を指さしながら、ソファに坐った。光恵はちょっと店の中を見渡してから秀雄の隣りに腰をおろした。

「いや、まだ他にもありますがね、アパートでなければ駄目なんでしょうか」

「まあ、できれば」

女子事務員が編み物のきりのいいところで立ちあがり、水色の布を貼った衝立ての向うに姿を消した。すぐに茶碗をかちゃかちゃさせる音が聞こえた。

「借家でしたら、いろいろあります。昨日入った物件で、釈迦町に一軒、手頃なのがありますよ。おふたりですか」男は秀雄と光恵を交互に見ていった。光恵が、そうです、子供はまだいません、と答えた。

「それなら、ちょうどいいと思いますね。六畳、四畳半、台所が六畳で、庭が少しついていて、四万です。大家さんもいい人ですし、釈迦町なら環境も悪くないですからね」

「四万ですか」

「どうです、手頃でしょう。ま、まだ他にもありますよ」

女子事務員がお盆に湯飲み茶碗を三つのせて出て来た。化粧をしていなかった。パートで手伝いに来ている女といった感じだった。彼女が細長い木のテーブルに湯飲み茶碗を並べはじめると、不動産屋の男は身体をそらせて椅子に背をもたせた。女子事務員は茶碗を置くと、また衝立ての向うへ姿を消した。

「まあ、どうぞ」男はてのひらを見せてお茶をすすめた。

「外は暑いでしょう。今、どちらにお住いですか」男は、茶碗に伸ばした秀雄の繃帯の巻いてある手に視線をやった。

「東京から、来ました」

衝立てから女子事務員が出て来て、机に坐った。すぐに編み物を手に取って、うつむいて続きを始めた。終始、無言だった。ほう、と男はいった。

「どうしてまたこの町へ住もうと思われたんですかな」

男の口調や態度に微妙な変化が現われるのに気づいた。光恵は女子事務員が気になって、編み棒をせっせと動かしている女をちらっとみた。あい変らず、うつむいている。女の無口なのも気になったが、黙って、古い、使い込んだ編み棒を動かしながら、話にじっと耳を傾けているのが手に取るようにわかった。

「静かな場所に住みたいと思いましてね」と秀雄は、知らない土地に住む以上、少々の身元調査じみた質問には我慢しなければならない、といいきかせた。男は声をあげて笑うと、同意を求めるような眼で女子事務員のほうを見た。

「お若いのに珍しいですな。あなたのような年齢でしたら、賑やかな場所のほうがいいんじゃありませんか。この町からも、若い者はどんどん東京へ出て行きたがる」

「その釈迦町とかいう所にある借家は今日でも見れますか」秀雄は用件を切りだした。

「ああ、見れますよ。しかし、こっちへ引越すとして、お仕事にはどうやって通いますか。この辺でも東京の外れあたりの会社に通っている人もいないわけではないですがね。お仕事は何をやってらっしゃるんですか」

「喫茶店で働いています」

女子事務員がちょっと顔をあげて秀雄を見た。手は休めない。

「はあ、はあ」と男は頷く。秀雄はじりじりした。光恵は早く出てしまいたかった。秀雄の気まぐれにつきあってここまでついて来てしまった。

仕事は変るつもりだ、と秀雄はいった。お宅にも大家さんにも御迷惑はかけない。その点は安心して貰いたい。とにかく僕は、こういう町で暮したいのだ。秀雄はいい続けた。

不動産やの男は唇の端で冷笑した。余裕に満ちてお茶をすすりながら、秀雄の話を聞いていた。光恵はいたたまれない気持になった。明らかに不動産屋の男は、秀雄を見くだしはじめている。予想できる事態だったのだ。よほど光恵は、あきらめたほうがいい、といおうかと思ったほどだ。

「ああ、そうそう、どうです、いっそのこと家を買って、ここに本格的に住まわれたらいかがですか。建売住宅は、うちでもあつかっていますが、ここいらなら、あなた、わずか一千万円で買えますよ。安いものなら七、八百万からあります」

うつむいている女子事務員の唇がゆるむのを光恵は見逃さなかった。男は軽蔑の薄笑いを浮かべ続けていた。どこから見ても、俺たちにそんな金が用意できるはずもないのに、それを承知で喋っている、と秀雄は思った。腹も立たなかった。秀雄は、四十分の通勤電車、駅、人混みの中を歩いて仕事場へ行く自分、映画を見終った後にコーヒーを飲みに来る客、四畳半ひと間のアパート、シングルベッドに糞暑い朝、を一瞬思い浮かべた。そういったものの中で、サッカーのゴールポストで額をうって死んだ友人の飼っていた老犬のように、ゆっくりと確実に齢を取って行くことはできない。秀雄は激しく思い込んだ。逃げなければならない。逃げる手だてを見つけださなければならない。ゆうべ電車で女連れの青年と喧嘩になり、ホームで殴りあった後、パトカーで警察に連れて行かれる時、考えていたのはそれだった。

「東京に比べたら安いものだ。三分の一ぐらいでしょう。ローンも利きますよ。頭金は二百万あれば充分です」

どうですか、奥さん、と男は光恵にいった。

とても無理です、と光恵はいった。それならどうですか、と男はたたみかけた。

「掘り出し物が一件あります。二百坪の土地で、まあ土地は借地ですが、二百五十万、という物件なんですがね。家は古いものだが、住んで住めないことはない。富士山が眼の前にどんとあって、静かですよ」

とうとう女子事務員がくすくすと笑った。それから、わざとらしく咳払いした。この女は、退屈しきっていて、今夜家に帰った後、今日は東京からこんな男女がのこのこやってきた、と家族の者に話すのではないか、と光恵は思った。

「ただし、足回りが少し不便です。車で二、三十分はかかるかな。車はお持ちでしょう?」

「いや」

「そうですか。あそこは確かバスは……。まあ、とにかく一時間に一本ぐらいあったと思いますがね。これはお買い得ですよ。地代は年に二万少し払うだけです。ただしローンは利きません。とにかく富士山が……」

　男は広げた両手をあげて、どんと眼の前に、といい、いい終らないうちに両手をあげたまま哄笑した。

「家を買うというのは無理だし、その気もありません。アパートでなければ」秀雄はいった。不動産屋の男は手をおろして、生真面目な眼になった。

「はっきりいって、うちで紹介できるアパートはありませんな。いや、気を悪くしないで下さいよ。大家さんも、地元の人間で、身元の確かな人でなければ、いい顔はしないでしょう。そういうものです」

「わかります」

「それなら話しやすいので安心だ。私もこの小さい町で商売をやって行く以上、信用というものが必要でね。申し訳ないがアパートや借家は紹介できない。ただし売り家なら……」

「いや、結構です」秀雄は気持が萎えていった。行こう、光恵にいった。光恵は黙って立ちあがった。

「奥さん、二百五十万ですよ。一度、考えてみて下さい」

秀雄はさっさと戸をあけて外へ出た。トラックが橋のほうへ走って行くところだった。背中で光恵が映画館はありませんか、ときいていた。ありませんな、と男は答える。光の中に立って、秀雄は途方に暮れた。

それが最終電車だった。青年と連れの女は途中で降りた。秀雄が青年の胸を思いがけず強い力で押してから、ふたりのあいだの空気はぎざぎざしたものに感じられた。電車が駅に着いて、女が動きかけた時も、青年はじっと秀雄を見た。秀雄は吊り革にぶらさがって、首だけ曲げて青年を見た。女が彼の腕を引っ張った。秀雄はふたりが降りた後も、背中に視線を感じて、肩越しに振返った。案の定、青年はホームに立って、秀雄を睨んでいた。視線があうと降りろ、と青年はいった。やめなさいよ、と女は眉をひそめていった。秀雄は降りて行った。ふたりとも酔っていた。ドアはすぐ閉った。僕が何をしたか、よろけてぶつかっただけではないか、と青年はいった。秀雄は、青年から眼を離さずに、こぶしを握りしめ、いつ殴りあいになってもいいように身構えた。そうだろう、何とかいえよ、と青年は秀雄の肩を押した。その瞬間、秀雄はすばやく右手を振って青年の頰を殴った。青年は顔をそらせたが、こぶしのほうが早かった。女が喚いた。すぐ青年は体勢を整えて罵りの声をあげながらつかみかかってこようとした。秀雄が右足で蹴りあげると、青年は顔をのけぞらせて、一瞬ひるんだ。そのまま秀雄は突進して、髪をつかむと後ろに押した。あっという間だった。ふたりの身体がもつれて、青年はそのまま倒れて背中をベンチに打ちつけた。女が、やめて、やめて、と金切り声を出した。秀雄は覆いかぶさって、無防備になった青年の顔を殴った。秀雄は曲げた膝で、青年の鼻から顎めがけて蹴った。警察を呼んで下さい、警察を呼んで下さい、と女は叫んだ。すぐ青年はぐったりしてしまった。秀雄は相手が闘う力を失くしたのを確かめてから手を離した。息が激しくきれた。大丈夫？と女はベンチにのびてしまった青年の所へ行ってしゃがんだ。夜の空気は密度が濃く、秀雄は肩を上下させてそれを肺に送り込んだ。秀雄は五メートルほど離れたベンチに行って腰をおろし、煙草を吸った。乗客のひとりが、駅員を連れてホームの階段をあがって来るのが見えた。あんたがやったの？　と若い駅員は秀雄の前でとまると道でもたずねるようにきいた。そうだ、と秀雄は答えた。息があえいで声がうまく出なかった。煙草をもう一本吸おうと思ったが空だった。駅員は、立ちなさい、とも、来なさい、ともいわずに、見張りでもするように黙って立っているだけだ。

一、二分して警官がふたり、階段をあがってきた。秀雄はおとなしくしていた。警官のひとりは青年の所で立ちどまり、もうひとりが秀雄の所へ来た。駅員が、よろしくお願いします、といって離れた。立て、と警官はいった。立ちあがると、秀雄の腕をつかんで青年の前に連れて行った。鼻血が出ている、唇も切れている、傷害罪だな、と青年の前にいた警官がいった。女はまだしきりに、大丈夫？　大丈夫？　と青年の肩を揺さぶっていた。青年は放心したようなうつろな眼で秀雄を見た。病院へ連れて行くか、と秀雄の腕を摑んでいた警官がいった。秀雄は顔をまっすぐあげていた。そうだな、とりあえず交番に行こう、あんたも来て下さい、ともうひとりがいった。交番まで来れますね、と警官はかがみ込むようにして青年にきいた。ええ、行けます、と彼はいって立ちあがった。秀雄は両方から腕を取られた。遠まきにして眺めていた四、五人の乗客たちも移動しはじめた。歩きだしてから秀雄は、離して下さい、と警官にいった。警官は何もいわずに手を離した。

駅へ戻るか橋を渡るか、少し考えたが、結局、橋を渡ってみることにした。

「二百五十万ですって。馬鹿馬鹿しいわ。バスも通っているかどうかわからないような所でよ。どうせ、ボロボロの家よ」

橋の上から見おろすと川は水量が豊富だった。橋の両側は鋭い崖になっていて岩が剝きだし、陽を浴びていた。今にも崩れそうに、岩は互いに嚙みあって危っかしかった。川は崖の下で急な流れを作っていた。水は青黒かった。橋からそこまでは相当深かった。この町が、本当に、山の中腹を切りひらいたわずかな平地にできているという印象を、改めて持たせる深さだった。

長距離トラックが通った。すると震動が足元に起こって、身体全体に広がり、秀雄は中心を失いふらふらするように感じた。橋全体が揺れているようだった。トラックが通り過ぎても、それはしばらく続いた。暑かったが、橋の上では陽を避ける場所もなかった。

「まだ、この町に住みたい？」光恵は並んで歩きながら何気なくきいた。

「ああ」秀雄は曖昧に答えた。

光恵はこれで気が済んだろう、と思った。不動産屋の男と話して、こちらが気楽に一方的に思うほど、こういった町で暮すことが容易ではないとわかったはずだ。

「夏は東京より暑くて、冬はきっと寒いわよ。それに、二百五十万もだして、世捨て人のように暮すわけにはいかないわ。眼の前にどんとある富士山を眺めて」光恵は不動産屋の男がしてみせたように、両手を広げ、それを大袈裟にさしあげて、どんと、と声を強めた。それから、

「どうしたの。急に無口になって」と秀雄の横顔を見た。

「何でもない。あの男の所へ行ってみないか」と秀雄はかなり離れた所で釣りをしている男を指さした。

「いいわよ。どうせお店は休んでしまったし、のんびりしましょうよ。でも、川までどうやって降りていくのかしら」光恵は薄く埃のこびりついた鉄製の欄干に手を置いて両岸を見渡した。欄干は陽にさらされて焼けており、触ると、てのひらがひりひりした。

秀雄も眺めて、狭い川原に降りて行く道を捜した。道らしいものはどこにも見当らなかった。しかし男が釣りをしている場所は、ここよりも両岸はずっと平坦で、その辺に行けば道は見つかるだろう、と秀雄は自分にいい聞かせた。

「いいお休みになったわ。たまにはこんな日があってもいいわね」歩きだしながら暢気な声で光恵はいい、どんと富士山が、どんと、と繰返した。それからだしぬけにいった。

「不動産屋の女子事務員、不愉快だったわ。厭な女。黙って人の話を盗み聞きしているようで。こんな退屈な町に住んでいたら、わたしもあんなふうになると思うわ。何が、どんと富士山よ」

「不動産屋の話はもうやめろ」

「東京が厭なら秀雄の故郷に帰ればいいわ。それなら、わたしはいつでも一緒に行く気があるわよ。そんな気はないの？」

ない、とだけ秀雄はいった。

「どうして？」光恵は火照った腕を絡ませてきた。

自分は沖縄に帰ったネギとは違う、第一、あの頃はネギも自分も十九かそこらだった、と秀雄は思った。その年齢なら、故郷へ戻ることはわりと容易だったかも知れない。

「どうしてなのよ。あんたの育った所でしょう」

「だから、厭なんだ」

光恵は腕を離して、乾いた声で笑った。

「めちゃくちゃね。理由にも何もなっていないわ」

「理由なんかいるか、馬鹿」

「馬鹿で悪かったわね」右手で光恵はピストルの形を作った。片眼をつむって、ぱん、ぱん、と撃つ真似をした。

「ふざけるな、おかちめんこ」

「死ね。好青年」死んだふりぐらいしても罰は当らないじゃない、と光恵はいった。

「できるか、そんなこと」

故郷には三年、帰っていなかった。母親から、時々、手紙がきた。そんな時だけ田舎のことを思い出した。自分にも両親がいる、ということもだった。初めの頃は、母親の手紙は読んだ。そのうち最初の五、六行だけ読んで、あとはたたんで封筒にしまうようになった。身体に注意するようにとか、夏はこんなふうに気をつけて過ごすようにとか、まるで子供を相手にしたような細々とした事柄を、二枚も三枚もボールペンで書き連らねてあった。今では、封筒を切ることすらしない。返事も出さない。この間も、母親から手紙が来て、秀雄は封筒の表と裏をひっくり返してみただけで、四、五冊積み重ねた文庫本の上に置いておいた。光恵がそれを見つけて、あんたが読まないならわたしが読もうかしら、といったので、好きにしろ、と秀雄はあっさり答えた。はりあいがないわね、と光恵は手紙を元に戻してしまった。今も手紙はそのままになっている。

「あんたの田舎は、そんなに悪い所じゃないと思うわ。それに余所者じゃないんだから、すぐ住めるわ」

「まだいっているのか。それなら、おまえが行け」

「馬鹿はあんたよ。恰好、つけるな」光恵は腹が立って顔をそむけてしまった。

橋を渡りきった。崖っぷちに家が一軒、建っているだけだった。川へ降りるためにはかなり迂回する必要がありそうだった。とにかく右に曲がる道を捜すことだ。光恵は黙ってしまった。橋から一直線にのびている舗装道路を行くことにした。光恵は少し後ろを歩いた。

「まだ怒っているのか」秀雄は立ちどまらずに振返った。

「機嫌なんて取らないでよ。怒っているにきまっているじゃない」富士山の麓で畑も耕しな、と男の口調でつけ加えた。

川の方へ曲がる道はなかなか見つからなかった。商店はなかった。家も少なかった。どんどん川からそれていくようだ。材木置場があった。舗装していない埃っぽい道があった。その道を曲がった。光恵はまた黙って、後をついて来た。道は静まりかえっていた。車も通らなかったし、人にも出あわなかった。材木置場の隅に木造の小屋があった。その傍を通りかかると、中から男たちの声がした。休憩時間をそこで過ごしているようだった。声は快活で、笑いが混った。今まで労働をしていた声だ。秀雄はあいている窓のほうを見たが、男たちの姿は見えなかった。じっと耳をそばだてている自分に気づいた。単純なことなのだ、どうしてそれが俺にはわからないんだ、と思った。苛立ちがつのりそうだった。小屋を過ぎ、立ちどまって光恵を待った。光恵はじらすようにぶらぶら歩いていた。途中で道端の埃をかぶった雑草を引きむしったりした。それを指に絡ませて、秀雄を見ながら歩いてきた。スカートから出ている裸の足が、光を吸って若い娘らしく美しかった。

女が交番の水道を借りてハンカチを濡らして戻った時、秀雄は机の前に立たされて、ポケットの中にある物を全部出したところだった。青年は奥の壁際に秀雄と切り離されて坐らされ、こっちを見ていた。オイル・ライターと定期入れと千円札が三枚、それに小銭しかなかった。仕事は何か、と定期入れから、名刺大のカレンダーやメモを取り出しながら年配の警官がきいた。秀雄が答えると、そうか、場所は新宿だね、と定期を見ていった。ふたりの警官に連れられて来た時、交番で待っていた警官だった。坐りなさい、もういいよ、これをしまって、と彼は持物を秀雄のほうに押して寄こした。女が後ろで青年の顔を拭いてやっていた。どこか痛めなかったか、と警官は笑った。手が痛んだが、秀雄は、いいえ、どこも、と首を振った。この名前だ、前科を問いあわせてくれ、と警官はホームで最初に秀雄の腕を取った若い警官にいった。すぐダイヤルを回して、受話器に秀雄の名前を告げ、わかり次第連絡をくれるように、と頼んだ。きみは一度も殴られなかったのか、と秀雄の隣りに坐って年配の警官は余裕のある声をだした。秀雄が答える前に、眼尻を女に拭いて貰っている青年が、強いですよ、その人、と口をだした。秀雄は青年を見た。視線があうと照れたように青年は眼を伏せ、女はかいがいしく世話をやいていた。顔を戻すと、そんな秀雄を警官が観察するように見ているのに気づいた。最終電車だろ、電車を降りて喧嘩をしたら帰れなくなるじゃないか、そんなことは考えなかったのね、と年配の警官はいった。彼は終始、物柔らかい声で喋った。考えたりはしなかった、と答えると、若いな、と警官は顔をほころばせた。彼のような年齢の警官にとっては、こんなことは若い人間の弾みのつきすぎただけの、さして咎めだてすべき問題ではないのかも知れない。電話が鳴った。さっき秀雄の前科を問いあわせた若い警官が受話器を取った。はあ、はあ、そうですか、わかりました、どうも御苦労様でした、と受話器を置いた。前科はないそうです、と報告した。年配の警官は頷いて、しかしそれぐらいのことで喧嘩をしなければならないものかね、といった。電車の中で起きたことを最初に、秀雄も青年も一部始終話したのだ。駅に着いた時に降りろというから降りただけだ、と秀雄は答えた。僕はただ話をしようと思っただけですよ、喧嘩をするつもりなんて、と青年はいった。話？　あんたはそう思ったかも知れないが、最終電車で降りろといわれて誰がのこの話をするのに降りて行くと思うんだ、と若い警官はいった。それにあんたも、降りろといわれても、そのまま乗っていればそれですむことじゃないか、くだらないことで殴りあいをせずにすむ、と秀雄にいった。最初からやるつもりだったんだろ、と年配の警官がきき、そうです、と秀雄は挑発したい気持になって答えた。困ったものだな、今、パトカーがくる、一応傷害罪になる、本署でちゃんと話をしなさい、と彼はいった。きみもだよ、と青年にもいった。女の人はどうしますか、と若い警官がきいた。そうだな、本署まで行くことはないだろう、帰って貰おう、パトカーで送ろう。女があわてて、いえ、すぐ近くですから大丈夫です、と断った。いや、深夜だし、送らせて貰いますよ、と若い警官。反省しているかね、と年配のほうがきいた。いえ、と秀雄は首を振った。

光恵は近づいて来たが、口を利かなかった。秀雄は咽が渇いた。口の中がかさかさになった気がして、俺が悪かった、といった時も、声がうまく出なかった。軽々しく謝ることはないわよ、と光恵はむしった草を左手の人差し指に何重にもぐるぐる巻きつけながらいった。

「あんたが何を苛立っているのかわからないのよ」

秀雄にもうまく説明できそうになかった。

「どこから川へ降りるのかしら」

「歩いていれば見つかる」

　次第に道はうねるようになりながら下り坂になった。それにつれて道が悪くなった。左手は斜面に変った。

「手はどう?　そろそろ湿布が乾いてきたんじゃない」

「そうだな」秀雄は繃帯の巻いてある右手を軽く握った。痛みは根強く残っていた。しかしそれがいつまでも続くわけではない、痛みは少しずつ薄れる、二、三日で完全になくなるはずだ、そして俺は、映画館の二階にあるあの仕事場に戻る、たった今、映画を見終って来た連中が、映画の話に花を咲かせる中で、注文をきき、水やコーヒーを運ぶ。そして光恵も明日になればパチンコ屋で、客に景品を渡したり、マイクで店員に何番の台にまわってくれなどと指示を出したり、忙しく音楽を流したりするのだ。

「駅前に戻ったら薬局で湿布薬を買うわ」

　何も植えていない畑に出た。しかし、川原がどこにあるのか、わからない。川原はのっぺらぼうの畑よりも一段低い場所にあって、畑を突き抜けて行くと不意に姿をあらわすのかもしれない。ふたりの眼には土地がただ平らになって、畑だけが広がっているようにみえる。川は手の届かない所にあるように思えた。からかわれているという気もした。

「何時頃、東京へ戻る?」

「何時でもいい。別に用事はないんだし」

「朝、あんたの見た蜘蛛、まだ部屋にいるかしら」

「殺虫剤で死んでいなければ、いるかもしれない」

「どうして叩き潰さなかったの」

「潰れたところを想像してみろよ。気味が悪い。それに蜘蛛は見ただけで身体がすくむほど嫌いだ」

「帰ったら捜すわ。死んでいればいいけど……。あたしが殺すわ。そんなものと一緒にいるなんてぞっとするもの」

「………」

「ねえ」

「なんだ」秀雄は首筋にうっすらと汗を光らせている光恵を見た。

「あんたの田舎ってどんな所なの」

「どんな所って。変哲もない田舎町だよ」

「人口はどのくらい」

「四十万人」

道はまた少し下りになった。土が白っぽくなった。木造の家屋が三、四軒並んでいた。蒲団が干されていて、人の暮している気配が懐しかった。ひどい場所へ来たものだ。光恵は俺のことをどう思っているのだろう。昨夜は結局、アパートへ戻ったのは三時頃だった。タクシーで帰った。持っている金で足りるかどうか、と思っていたが三千円で少し釣りが来た。余計な金を使ってしまった。光恵は眠っていた。そっと鍵をあけて部屋に入って、電気をつけると光恵が起きてきた。一時頃まで寝ずにいたのだ、といった。秀雄は台所で顔を洗って、金はあるか、といった。五万ぐらいなら、と光恵は答えた。引越すぞ、と秀雄はいった。何よ。急に、と光恵は生あくびをしながら取りあわなかった。金ならなんとかする、とにかくこんな街は出るのだ、と秀雄はいった。何があったの？　いいかげんにしてよ、こんな夜中に、と光恵はあきれた。俺のいうとおりにすればいいんだ、手が痛い、湿布薬はないか、と秀雄はいった。確かあったと思うわ、と光恵はいってから、あんた喧嘩をしてきたの？　そうでしょう、といった。ああ、とだけ頷いた。どっちの手？　秀雄は黙って右手の甲を出した。とにかく、引越すぞ、と秀雄はいった。手当てをしてくれながら、光恵は、明日聞くわ、眠いのよ、と問題にもしていなかった。光恵と並んでシングルベッドに入ると、彼女はすぐにたわいもなく眠ってしまった。秀雄はなかなか寝つけなかった。結局、眠ったのは四時半頃だと思う。

陽を吸った、あたたかい蒲団で秀雄は眠りたかった。まる一日か、二日。道は白っぽさが増した。セメント工場が見えた。二階建ての建物がふたつ並んでいて、その隣りに灰白の巨大な漏斗のような形をした倉庫があった。ベルトコンベアーが漏斗状の建物から地上に降りていたが、動いてはいなかった。近づくと、どこからどこまでが工場の敷地かわからなかった。砂利の山が三箇所ほどあって、ダンプカーが四、五台、停っていた。作業服を着た男がふたりダンプカーの前で立ち話をしていた。秀雄は焼けた道端に立って、男たちに向って、川に行きたいのだがこのまま行けばいいのだろうか、と大声で叫んだ。男たちは話をやめてこっちを見た。少し間を置いてから、ひとりが、この先だ、もうすぐだ、と叫んだ。左手で工場の外れを指し、そこから右に曲がれ、というように手首を返して指で示した。

「どうも」と秀雄はいった。

秀雄と光恵が歩きはじめると、男たちはまた話をはじめた。工場の敷地は広く、外れまでは相当あった。

「川へ行くなんてひさしぶりだわ」光恵の声が急に伸び伸びしたものになった。

「釈迦町というのはどの辺かな」

「え?」

「さっき不動産屋の男が、そこに借家があるといったろう」

「ああ。どこかしら。変った町名ね」

「二百五十万の売り家、見るだけでも見ればよかった」

「まだ、そんなことをいっているの。借家に越すお金だってないのよ」

「わかっている」そんなことは最初からわかっていたのだ。

「どんな家か、見るだけでも愉快だったろうな。どんと富士山だ」

建物をふたつ過ぎると、右に道は曲がり、川の一部が見えた。陽光を反射して輝いていた。すると秀雄は一刻も早く川に出たくて子供のようにうずうずし、落着かない気持になった。石が多くなった。秀雄は少し足早になった。

それでは一週間ほどここに居て貰いますか、と秀雄より四、五歳上の眼鏡をかけた私服は胸をそらせて睨んだ。酔っていなければこんな真似はしなかっただろう、ときかれた時、わからない、と秀雄が答えたからだ。

交番からパトカーで連行された後、本署では四畳半ほどの取調べ室で、秀雄は机に向ってまっすぐ坐らされた。青年は横から秀雄を見る位置で壁際に坐った。まず指紋を採られた。秀雄はおとなしくすべていうとおりにした。白髪混りの下腹の出た年配の私服が調書を取った。交番で話したのと同じことを秀雄は話した。ひととおり終ると、白髪混りが、喧嘩両成敗だ、といった。お互いに若いのだ、ともいった。将来に傷がついてはいけない、ここのところは仲直りをして示談にしないか、と青年に和解を求めた。ええ、僕は構いません、僕も悪かったのですから、と青年は答えた。あの人はああいってくれている、あんたはどうかね、と白髪混りが、秀雄に声をかけた。そして、あんただって酔っていなければこんなことはしなかっただろう、と念を押すようにいったのだ。

立派な傷害罪なんだぞ、一週間泊って貰ってもいいのだ、となおも眼鏡のほうが続けた。秀雄は眼鏡を見た。結婚は？　と白髪混りが話をそらせた。ええ、しています、と秀雄は顔を白髪混りに向けて答えた。いつ頃したのかね？　半年ぐらい前です。ほう、それじゃ、ほやほやの新婚さんだ、こんな遅くなったら奥さんが心配するんじゃないかね、そのうえ傷害罪で警察に泊るなんてことになったら、あんたはいいが奥さんがかわいそうだよ、どうだね、今後、こんなことはもう二度としないと誓えるかね。

秀雄は眼鏡のほうを見た。彼は鉛筆でとんとんと机を叩き、相変らず胸をそらせて秀雄を見おろすようにしていた。喧嘩なんて馬鹿馬鹿しいじゃないか、とにかくもうしないな、と白髪混りがまたいった。ええ、しません、と秀雄はめんどうな気持で答えた。示談書を持ってきてくれ、と白髪混りは眼鏡にいった。眼鏡はすぐ戻って来た。示談書は、ワラ半紙に印刷してある粗末な一枚の紙切れに過ぎなかった。そんなもので自分が許されたり、そうでなかったりするのかと考えて秀雄はおかしかった。白髪混りの話すとおりに秀雄は示談書を書き、最初、青年が、ついで秀雄が署名をした。眼鏡はそれを持って取調べ室を出て行った。白髪混りは、さて終った、という表情になって、秀雄に、煙草を持っているかね、一服して行きなさい、といった。秀雄は胸ポケットから煙草を出したが、空なのに気づいて丸めた。激しく煙草が吸いたかった。咽も渇いていたが、それよりも欲求は強かった。白髪混りが、あんたは？　と背伸びをするようにして壁際の青年に声をかけた。ああ、あります、と青年はいった。それじゃ一本、この人にすすめてそれで仲直りしなさい、と白髪混りはいった。青年は煙草を取り出すと、どうぞ、と秀雄の前に出した。秀雄は無視した。青年はひっ込みがつかなくなったように苦笑した。少し沈黙がきた。わたしのなら吸うかね、と白髪混りは自分の煙草を出した。いただきます、と秀雄はいった。

青年は先に帰った。秀雄は少し待たされた。それから白髪混りに促されて本署の外へ出た。深夜だが警察の中だけはざわついて活気づいているようにみえた。タクシー代はあるね、と白髪混りは路上でいい、秀雄は夜の通りで頭を下げた。気をつけて行きなさい、と白髪混りはいった。秀雄がタクシーを停め、乗り込むまで、彼は立っていた。

川原に出た。そこへ下って来るまでは川は見えたのに、川原に降りるとそれは視界から姿を消してしまった。窪地のようになっているのだ。石は大きく、丸みのないものが多くて歩きにくい。秀雄は少し息が切れて、立ちどまり、左右を見渡した。川原は相当広かった。さっきの橋の上から見たあたりだけが切り立っていたのだろうか。

「あそこにいるの、カラスよ」光恵が人の背丈ほどある岩の下を指さして、緊張した声を出した。

誰かがゴミを捨てたらしい。犬や猫の死骸かもしれない。カラスは四、五羽、群がっていた。

「こわいわ」

「回り道をしよう」

秀雄は左斜めに歩きはじめた。夏だった。彼はそれを強く感じた。秀雄の眼の前に、遠く近く山々が取り巻いていた。それは何重にも重なり、距離によって色は深みをましたり淡かったりした。静まり返っていて、自分の胸から吐きだされる音や足音だけが響いた。

「少し、ゆっくり歩いてよ」

秀雄は立ちどまって待った。すぐ光恵が追いついた。籍を入れようか、あんなものは紙切れ一枚ですむことなんだろう、といおうかと思った。その前に光恵が、

「今度、休みを取って旅行にでも行こうよ。そのぐらいのお金なら」といった。

「ああ」と秀雄はいった。

「帰ったらな、部屋のカーテンだが……」

「わかっているわ。今日、替えるわ。後でこの町で買って行ってもいいわね」

足元の石は火照っていた。歩きはじめた。

「秀雄」

「何だ」

「あんた、あのことをまだどこかでおこっているんでしょう。カーテンが気に入らないのは、わたしがやめたスーパー・マーケットで買って来たからでしょう」

「…………」

「許してくれないの。あの同僚とは本当に一度きりだったのよ。だから、スーパー・マーケットもやめたじゃない」

秀雄と光恵が一緒に生活をはじめようとアパートを捜しはじめた頃の、ふたりのあいだに起きた男をめぐるごたごたを、光恵は蒸し返した。秀雄はあの時は容赦しなかった。光恵が泣いてあやまっても、まだ責めた。その男と一緒になれ、と秀雄はいって、夜、まだ秀雄がひとりで住んでいたアパートから外へ引きずり出したりした。隣りの老人夫婦や学生たちは息をひそめたように静かだった。秀雄は、今月中にスーパー・マーケットはやめてしまえ、と怒鳴った。わかったわ、やめるわ、だからかんべんして、と光恵は地面にうずくまって泣きながら、かすれた声を出した。二度とその男と会うな、と秀雄はいった。光恵はうなずきながら泣くだけだった。

新しい部屋で暮しはじめて、光恵がこのあいだまで働いていたスーパー・マーケットであのカーテンを買ってきた、といった時、確かに秀雄はひどく不快だった。光恵の同僚だった男を思い出したし、カーテンを買う時、そいつと口を利いただろうかなどと想像すると、腹だちはつのったものだった。やっとごたごたがおさまった頃だったのだ。秀雄も忘れかけていたやさきだった。

「もう、いい」秀雄はいった。

「でも、いつまでも思われたら」

「カーテン、替えろ。あの色は嫌いだ」

　水の匂いが漂って来ないか、と秀雄は思った。深呼吸をしてみた。光恵がすべって転び、尻餅をついた。秀雄は笑った。ずいぶんと陽気な声が出た。そういう声を出すと、身内が弾むようだった。腕を取って引っぱり起こしてやった。右手が痛んだ。

「まだなの」

「すぐそこだ。耳を澄ましてみろ。水の音がする」

　光恵は胸を激しく動かし、額に汗を浮かべて本当に耳を澄ませた。

「嘘つき」

　秀雄は何もいわず、歩きだした。しかし本当に川はすぐそこにあるのだ。彼はまた、夏を強く感じた。それは光にまぎれて、秀雄の毛穴や耳や眼から身体に入りこんで、身内を満たし、それから反対に腕や足に内側から滲み出て来る、と感じるほどだった。朝、思い出した老犬を飼っていた果物問屋の同級生が、誰もいないグラウンドで、倒れたサッカーのゴールポストの下で死んだ日も、夏だった。その知らせを聞いた時も、秀雄はその季節をどうやって愉しむかを考えることのほうが先だった。沖縄のネギといた年も、夏だった。

秀雄は、両手を口にあて、どおおんとお、ふじさああん、と叫んだ。

野栗鼠

夜明けになっても眠れなかった。海を見に行くことにした。父の家を出てバス通りを渡ると濃密な潮の香りが押し寄せてきた。秀雄は睡眠不足が、彼を敏感にさせているのに気づいた。

すでに砂浜には老人と女、それに子供たちまでが狩り出されて、湿った砂の上にゴザを敷く作業をしていた。老人が指図し、女は黙りがちだった。子供たちは三人で、女の子がふたりと男の子がひとりだ。上の女の子は中学生ぐらいで、あとは小学生の弟妹だろう。言葉数は少ないが、薄闇のなかで動く彼らには活気が満ちている。

ひと家族単位のそういう集団が、砂浜に沿って、十メートルぐらいの間隔で動いているのが見える。煙草を吸う。ゆうべから何本吸ったろう。唇にも舌先にも咽にもニコチンが、ぶ厚くこびりついているような気がする。

何艘かの小舟がエンジンをフル回転させながら戻ってきた。海が急速に明ける朝の陽を浴びてきらめきだし、寝不足の彼の眼を痛めつけるまで、間もないだろう。待っていた者たちの動きがあわただしくなる。船尾でエンジンを操っている男がスピードをゆるめ、舟を砂浜に横づけにしようと舵を取っている。わずかばかりの漁港の設備すらない零細な漁民だ。エンジン音がとまる。男は舳先に回ってきた。コンブが満載されていた。舟は波の揺れるままになっている。男はタオルの鉢巻と胸まであるゴム長靴を穿いていた。敏捷に動き、舳先から元気よく海に飛び降りる。しぶきが胸元まで跳ねあがった。老人が近寄って何かいい、ふたりがかりで舟に両手をかけ、波を利用して大声を発しながら腰に力をためて引く。波で揺らめいている小舟はあっけなく、砂浜にあがった。

女や子供たちが群がって、満載されたコンブを舟から降ろす作業をはじめる。次々に砂浜に降ろされたコンブの根を女が包丁で切り落し、子供たちが幼い声をあげて運ぶ。ゴザの上に一枚一枚ていねいに並べはじめる。舟から降りた男は、煙草を吸って老人と立話をしている。彼の今吸う煙草は、さぞかし美味いだろう、と秀雄は思った。

そういう家族総出の光景が、どんどん明るみを増す砂浜のあちこちに見えた。秀雄も見物しているだけで活気づくようだった。湾曲した浜のずっと先端には、かすかに緑色を帯びはじめた山が聳えていた。そうはいっても三百メートルとない山だ。明日、この町を離れなければならない。連絡船と特急寝台の切符は確保してある。この季節ではそれはむずかしかった。会社の上司の特別のはからいで、コネを利用して手に入れたのだ。次第に輪郭を鮮明にしていく山をもう一度、眺めた。今日はあの山へ三人で登ろう。

浜に続く、コンクリートの坂から、秀雄は砂に歩み入った。父のサンダルと裸足の足裏に湿った砂が入り込んできた。作業をもっと近くで見たかった。老人と男はまだ立話をしている。彼らの足元近くで根を切り落としている女の手際いい手つきを眺めた。男が老人に「女だ」といった。「どこに寝かせてある」と老人が長年潮に曝され た嗄れ声できく。男は秀雄の存在に気づいてか警戒を含めた声で、「波が荒くて見失った」と答えた。老人が舌打ちをする。「仏さんをか。そんな漁師がいるか」老人は低い声で叱りつける。根を切り取っている女が顔をあげて秀雄を見たが、耳はふたりの会話に集中していた。三人の子を産んだ嫁だろう。男は黙って、老人の言葉にうなだれている。

「水揚げが半分になっても、何があっても引き揚げるものだ」老人が喋ると、女は肩を強張らせる。来てはいけない場所に来てしまったと思ったが、秀雄は好奇心で動けなかった。「仏さんの罰が当る。そんな漁師に育てた覚えはない」

陽に焼け、敵意のこもった眼で男は秀雄を睨んだ。秀雄より二、三齢上に思えた。

「明日からわしが漁に出る」

「父さんじゃ無理だ。仕方がなかったんだ」

「他の舟で気づいた者はいないか」

男は秀雄を睨んだまま首を振った。そして、「これから海上保安部に連絡する」といった。

「それで済む話か。考えてみろ」

女が包丁で根を切りながら眉をひそめた。秀雄は艶やかな肉の厚いコンブの山を眺めた。流れコンブは値が低い、という父の話を思いだした。朝日が、いっきにのぼりはじめた。今日も暑くなるだろう。しかし湿気は少ない。秀雄は背を向けて戻ることにした。ふと耳にした死に、無感動になっている自分を発見しても、別に驚かなかった。そんなことより、絶好の登山日和になるだろう。彼はさっき立って眺めていたコンクリートの坂に飛びあがった。身体がふらつき、視界が揺れた。サンダルを脱いだ。パンパン叩きあわせて砂を落す。首を振り振り老人が子供たちのコンブ干しを手伝いに行くのが見えた。女がしゃがんだまま、たった今まで父親に責められていた男と話しはじめた。何といっているのかわかるようにも思えた。秀雄はサンダルを履き直した。坂を登った。

車の姿が極端に少ないバス通りを渡った。路地に入ると、父が玄関の前で水撒きをしていた。足元にバケツを置き、杓で掬っていた。痩せて白髪がめっきり増えていた。陽子が生れた翌年に一度、帰郷した。あれ以来だった。それなのに二年前の父を思い出すのはむずかしい気持だった。八年前の父なら、何故か思いだせそうな気がした。なにしろ、今より若かったことは確かだ。もっと大きな都会へ行きたい、といいだした秀雄に腹をたて、あやうく殴りあいになりそうだったのだ。父はこの町で、市役所か郵便局に勤めることを秀雄に望んでいた。それは父の考える最も堅実で間違いのない生活だった。

こんなに早く、どこへ行っていたのか、と秀雄を見ると父はきいた。コンブの水揚げを見物してきた、とだけ彼は答えた。立ち聞きした話はしなかった。父の脇をすり抜けて玄関に入った。玄関は湿った空気で満ち、まだ線香の匂いがたちこめているようだ。秀雄、と父が呼びかけた。上り框で足裏の砂を払っている秀雄が、ああ、といって顔をあげると、いや、いい、と首を振った。父のいいたいことは、わかっているつもりだった。もう大きな都会での生活を切りあげて、この町に落着かないか。父の呑みこんだと思われる言葉を秀雄は胸の内でいってみた。答えは、ノウだった。八年の時間をすぐさま埋めることはできない。足指にこびりついた砂を、人差し指を突っ込んでごしごし落した。陽子はいい子になったな、光恵さんの育て方がいいんだ、と父は背を向け、朝日の射してくるほうに水を撒いた。水滴が光をはらんで硝子玉のように飛び散った。十代だった秀雄がそのひとつひとつに閉じこもっていて、鋭い亀裂とともに四方に弾ける。まだ僕は敏感になっている。俺の育てかたは駄目だというのか、と秀雄は軽い気持でいおうかと思った。

「今日は三人で山に登って来る」と秀雄はかわりに父の背に声をかけた。

「ああ、今日は山はいいぞ。ロープウェイで行ったらどうだ」父は背をむけたままだ。

「いや、ひさしぶりに歩いて登る」

「そうだな。たいした山じゃないからな。陽子でも登れるだろう」父はバケツを持ちあげて、残り少ない水を遠くへ飛ばした。

その朝はひさしぶりに落着いた、静かな朝食になった。秀雄らが到着したのは、祖母の通夜が終った翌朝、早くだった。この数日、多くの人に会った。今までまったく音信不通だった父の末弟は葬儀に間に合わなかった。叔父は陽子の齢ぐらいの時の秀雄を知っているだけだった。秀雄のほうでは、その叔父のことを覚えていなかった。

誰それはどこにいるか、という兄弟たちの話になった。父のすぐ下の弟は、たぶんもう死んだか、刑務所にでもいるか浮浪者にでもなったか、そんなところだろう。父はそういった。叔父は遅い齢で結婚した嫁を連れてきた。ふたりで新興宗教の布教につとめているといったりした。父の兄弟は八人いるのに結局、ふたりしか来なかった。そういう家系だ、と秀雄は思った。もうひとり来た叔父もまだ独身だった。祖母の死を内心最も喜んでいるのは、母かもしれない。秀雄はそう思うと、赤黒い血糊のようなもので、皮膚が覆われそうな気さえした。

その母が、山に登ると知って、オニギリを作ってくれた。光恵がそれをかいがいしく手伝った。

「帰りぐらいはロープウェイにしなさい」母は玄関まで見送りに出ていった。

「余程、くたびれたようだったら」秀雄は答えた。

三人は駅前で路面電車に乗った。光恵は路面電車に乗るのははじめてだった。心が浮き浮きした。電車の床は木でできている。ワックスの匂いが車内に満ちていた。窓から風が吹き込んできた。光恵は、町並みをあかずに眺めた。陽子は靴を脱いで、シートに膝をついて光恵と覚束ない言葉で話をしていた。

光恵が不意に、あんたと一緒になってはじめて山に登るわね、といった。秀雄は眠っていた。どこで降りていいのか光恵は知らない。起きて、と秀雄を突ついた。なんだ、と秀雄は眼をこすっていった。光恵が声をあげて笑った。何がおかしい、と秀雄はいった。「だって……」と光恵はまた笑った。小娘みたいだった。実際、光恵は二十六で秀雄よりひとつ下だったし、身をよじるようにする笑い方や眼の輝きには娘らしさが残っていた。

「これから毎年、陽子を連れて来ましょうよ」

「そうだな」

「気のない返事ね」それには馴れているというような毒のない声で光恵はいった。

女の溺死人は、今日は無理でも明日には発見される。漁師によってか、海上保安部の人間によってか、砂浜に丸太のように打ち寄せられるかして。そして、その理由もわかるだろう。すると砂浜での老人と男の会話を思いだした。老人がもっと若く、力があれば、八年前の秀雄の父ぐらいなら、あの息子を殴っていただろう。そのぐらい彼は怒っていた。

電車は山裾に近づいた。そのあたりの町並みは、ほとんど変っていなかった。映画館がスーパー・マーケットになり、移転したデパートが市役所の一部になっただけだ。三人はちょうど、その手前で降りた。

道路は乾燥して、空気は夏とはいえほど良い暖かさだ。今は市役所の一部となっている古めかしいデパートの建物とその向いに四、五軒並んでいる喫茶店や花屋とのあいだの道は、一番登山口に近い坂道だった。それは急で、磨滅した石畳の道だ。学生や、秀雄たちと同じ齢ぐらいの観光客が、何人か登って行く。彼らの目的は途中にある名所になっている二、三の教会と、ロープウェイで登山することだ。

光恵は陽子の手を引いてやった。蛇のウロコのように光を受けている坂道は、幼児の足には少し余った。見あげると山は眼の前に迫って、せりだし、のしかかってくるようだった。ロープウェイが斜面に沿って登って行くのが見えた。

「ヨーちゃん、お山に登るのよ。お父さんのお山よ」

光恵はあと四ヶ月で三歳になる娘を励ますつもりだった。秀雄はくすぐったかった。秀雄は子供を作る意志はなかった。二十四かそこらで自分が父親になるということは、単純に考えても想像しにくかった。その意志を持ち続けなかったのは、光恵と一緒になって七、八ヶ月の頃、光恵が流産したからだ。

安静にしていた光恵から会社に電話が来て、もう、駄目だと思う、医者にこれからタクシーで行く、と告げられた時、二十三の秀雄は途方に暮れた。光恵の腹の内側で何が起き、何が破壊されたのか、理解できなかった。

その一件がなければ、秀雄は無理にでも堕胎させたろう。僕には子供は必要がない、とか、若くして好んで責任を引き受けたくはない、などと身勝手な理屈を並べて。今、その娘が秀雄を見あげて、本当にお父さんのお山なの、と無邪気にきく。

「ああ、そうだよ」秀雄は娘を肩車した。この子は長女ではない、次女だ、と思った。陽子は驚き、喜びの声をあげた。観光客たちが、振り返って微笑む。するとまた視界が揺れた。浜での時よりいくらか長く続いた。石畳の坂道とアカシアの並木、古い洋風の昔ながらの建物、視界に入りはじめたロープウェイの発着場が、揺れた。山もだ。彼は眼をつむった。光恵はそれにすぐ気づいた。

「どうしたの」

「なんでもない」眼をあけて頭を激しく振ると、光恵の顔が間近にあった。

「登れる」

「大丈夫だ。十代の頃は毎週のように登っていた。遊び場だった」

「でも、もう四捨五入したら三十よ」

秀雄は娘にしっかり頭に摑まっていろ、と命じた。そして娘の両足を抱いて、石畳の坂を駆けあがった。きをつけてよ、振り落さないで、と背中で光恵が叫んだ。何人か連れで名所の教会と山をめざしている観光客が、声をあげて親子を笑った。嬲ったれ、と秀雄は駆けあがりながら胸で叫んだ。娘は、恐い、恐い、と頭上で叫んだ。光恵も駆けあがって来た。すぐ追いついた。秀雄を見た。秀雄は渇いた口をひらいて、胸をふくらませ太く息を吐いた。光恵を見なかった。皆んな揺れろ、突き抜けてやる、と秀雄は思った。光恵と一緒になった頃、始終あふれ出そうになった暴力的な力が、身内をひさしぶりに満たした。光恵を殴ることも、電車で喧嘩をすることもしばしばだった。娘が生まれるまでは。

ロープウェイの発着場の前まで休まず駆けあがった。肩でぜいぜい息を吐く。汗がつぶになって額から流れた。眼に入った。秀雄はゆっくりと娘を地面に降ろした。しゃがんで、眼をしばたきながら、恐かったか、と彼はきいた。光恵の腕が伸びてきて、眼の前にハンカチがあった。おもしろかったよ、と娘は無邪気に明るい声をあげた。秀雄は立ちあがって、ハンカチで流れる汗を拭いた。観光客は出発したばかりで、発着場には、土産物の硝子ケースの向うに小娘がいるだけだった。

「四捨五入したらなんていって、悪かったわね」光恵も汗を拭きながら、からかうようにいった。

そんなことは関係がない。秀雄は思った。登山口はすぐそこだ、と秀雄は指さしていった。そこへ行く間、家並や観光ホテルが途切れると、海が見えた。町は両側から海に狭められるようになっている。それがはっきり視界に入るのは、もっと上に登ってからだ。これからは比較的楽だった。最初の脇道だけだ、と秀雄は頭で道順を描いた。三人は登山口に入った。しばらくはコンクリートの自動車道が続いた。まだその辺には斜面に建つ人家があった。陽子がはしゃいで、両親の前を走った。痩せた、たよりない足は時々、もつれそうに見えた。車は背後からしか来なかった。途中で一方通行になっていた。

陽子はしばらく走ると立ちどまって、喜びとたよりなさの入り混じったような表情をした。肩で息をしているのがわかる。近づくと、光恵の身体にまとわりついた。

最初の脇道の分岐点に着いた。そこは平らな草はらだった。黄色や白の、小指の爪ぐらいの花を陽子は、見つけるたびに採った。その草はらの右手に小道があって、それが脇道だった。急な道だったが、最初はまだ草はらの続きのように足元に山草が生えているだけだった。娘を先頭に、次第に草から灌木の多くなる道を登りながら、秀雄は、戦争の時代にはこの山全体が要塞だったのだ、と話した。少数の兵士以外は誰もこの山に入ることは禁じられていた。オフ・リミット、と秀雄はいった。

「この山が」信じられないという響きをこめて光恵はいった。無理もなかった。光恵も秀雄も父親たちの戦争には無縁な時代に生れた。

「この先に食料貯蔵庫の鋼鉄製のタンクみたいなのがある。中腹にはいくつも防空壕がある。頂上には海峡警備の長い塹壕と砲台の跡が残っている。兵隊だけが何年も暮していた山なんだ」

灌木がふえると、空気がひえてきた。

「ところが一機の戦闘機も、一艘の戦艦もここにいた兵隊は、見ないうちに敗戦した。馬鹿みたいな話だ。捕まったのは町からまぎれこんだ、二、三の民間人だけだ」

秀雄はその話を父から聞いた時、腹を抱えて笑った。父は苦り切ったように、それでも仕方がないというように笑いを頰に浮べた。山の中腹をえんえんとくり抜いてコンクリートで固め、細い石の階段を縦横にめぐらせ、深い迷路のような塹壕を掘り、彼らは何を待っていたのだろう。彼らは何も見ずに終った。一発の弾丸も撃つことはなかった。それが今では、夏ともなると、観光客をロープウェイやバスやタクシーで運び、夜景を堪能させる。

物音は今や、三人の足音と息遣いだけだ。「陽子、大丈夫？」光恵が、グミや桑の木の生えた坂道で声をかけた。

「うん」陽子の嬉々とした弾んだ声が戻る。

三人は最初の、秀雄が話した食料の貯蔵庫に出た。そこだけ斜面がけずられて平らだった。十メートルほどの筒で、出入り口は上にあった。触ると陽を吸っていて温かかった。すぐその場から、また細い山道を登った。一旦、自動車道に出た。道路は山肌で翳って、象の皮膚のような光沢で右にカーブしていた。三人はそこを横切って、土の脇道に入った。草いきれにも馴れた。むしろ山自体が呼吸をしているのではないかと思える。濃い精気のような空気が取りまいた。

湧水のある場所に出た。長方形の木枠で囲まれた箱に、竹の筒から水が束になって送り込まれていた。秀雄は両手で水を掬って娘に飲ませた。娘は犬のように飲んだ。もっと、とせがんだ。またくんでやり、次に光恵が飲んだ。最後に秀雄が直接、筒に口をつけて飲んだ。腕で唇を拭いながら、秀雄はここにいた兵隊は幸福だ、といった。

「僕らよりも」

「それはどうかしら」

「この水はうまい」

「それだけで」

「ああ、充分だ」秀雄は睡眠不足も疲労も遠のくのを感じた。

「そんな」光恵は子供っぽい、とでもいいたそうに首を振った。

オニギリは頂上で食べることにした。あと二十分も歩いたら五合目あたりに出る。

道は三人で横に並んで歩いても充分な広さがあった。急坂ではなく、ゆるゆると続いていた。陽子の幼い足でも充分耐えられるだろう。右手は崖で、灌木が多かった。マメ科の木や、野生のアジサイが生えていた。それから急に、平地の草むらになった。陽が驚くほどの量で射しこんでいた。人工的に作った平地だ、と光恵にもわかった。防空壕のある場所だ。秀雄はそういった。

「見えないわよ」

光恵のいうとおりだった。秀雄は奇妙な気がした。知り抜いている山だった。眠けと疲労が戻りそうだった。光恵は上半身を伸ばし、広場を見た。それから、わかったわ、といった。

「樹がふえたのよ」

「そうか」秀雄は間の抜けた声をだした。八年間山に登っていなかった間に、木が生長して鬱蒼と繁ったのだ。そういえば、広場も半分ほどになっていた。樹の間をわけ入って行けば、防空壕はあるはずだった。上に行きましょう、と光恵はいった。秀雄が、何故そんなものに興味を示すのか、わからなかった。湧水の場所で秀雄がいった言葉も。今は観光客を愉しませ、町の人々の憩いの山で充分ではないか。

「行きましょう。陽子がもう先に行っているわよ」

秀雄は、はっとした。急いで、陽子は元気だな、といった。

「うれしくて仕方がないのよ。山登りなんてはじめてだもの」

秀雄は広場を見捨てて歩きはじめた。移動しても、防空壕はやはり樹の厚い層に覆われて姿を見せなかった。道は相変らず適度に涼しい。それでもうっすらと汗が滲んだ。

光恵は陽子のところに走って行った。追いつくと、競争よ、と話しかけ、ヨーイ、ドンと娘と走りだした。秀雄は取り残された。彼は草や木に興味がなかった。どうしても、この山が要塞だったことのほうに関心がいった。

山道の曲った所で、光恵と娘の姿を見失った。彼は少し急ぎ足になった。祖母の葬式に戻ったのではなく、また充分な睡眠を取っていたら、もっと陽気で元気な登山になったかもしれない。いや、そのために今日登ったのだ。彼は足に力をこめた。曲り角まで行くと、光恵たちが思いがけず道端に坐って待っていた。どうした、もうへばったのか、と秀雄は声を大きくしていった。

「咽が渇いた」と娘が訴えた。「さっきのお水が飲みたい」

「頂上まで我慢しよう。もうすぐだよ。ジュースを買ってあげる」

「よし、ヨーちゃん、頑張ろう」と光恵が元気よく立ちあがった。うん、と陽子も立った。

「くたびれたみたい」光恵がいった。

「もう、じきだよ」秀雄はいった。

彼は明日この町から、五十倍以上もの人口で満ちあふれる大都市へ戻る、という実感が湧かなかった。

十五分ほど同じような道が続いた。ゆるいカーブを曲ると、だし抜けにあたりが明るくなった。ＴＶ塔や展望台の建物が二、三百メートルほど離れた場所にある頂上に建っていた。光恵が奇声とも思える声を発した。

「素晴らしい眺めだわ」率直に感嘆の声をあげた。遠くに俯瞰できる、海と町並みの一部分にそんな反応を示す光恵を見ると秀雄も心が弾んだ。あの辺がお爺ちゃんのお家でしょう、と彼女は娘に砂浜のあたりを指さして声をかけた。

そうだ、と思った。あそこで、父と母は暮して来た。八年前までは四人で。秀雄が抜けた後は、祖母と三人で。そして明日からはふたりきりで。海は輝き、何事もなく見えた。町が両側から海に狭められている地形がきわだつ。左手の海峡側には連絡船や大型漁船や貨物船が浮んでいた。右側の、今朝コンブの水揚げを見に行った浜は小舟も浮んでいなかった。あの老人と叱られた漁師は、今頃、昼寝でもしているかもしれない。ひと夏かかっても、流れコンブの漁では、どれほどの収穫でもないだろう。コンブの本場はずっと奥にあった。その辺ではコンブの干し方からして違っていた。熱く焼けた石の上に干すのだ。それも、どの家の前にも広い干場があった。女の溺死人をあの男が船に引き揚げなかったのも無理はない。女の身体の分だけ、コンブの量が減ると考えたとしても無理はない。ただし、老人は許さないだろう。漁師の掟を破った息子を責め、あげくには本当に自分で真夜中に漁に出るかもしれない。それぐらいのことはしそうな老人だ。

「ここであんたは育ったのね」光恵はいった。それから返事も待たず続けた。

「陽子もこんな町で育てたいわ」

秀雄は笑って首を振った。どうしてこの町を嫌いなのか、と光恵はおずおずきいた。

「もう、嫌いでも何でもない」

祖母は両親の家で息をひきとり、ともかくも埋葬された。手厚く。父の生きている兄弟や姉妹が八人もいるというのに、顔を合わせたのはふたりだ。秀雄は子供の時から、オジやオバの味を知らなかった。光恵に話そうかと思った。光恵はしっかり焼きつけておこう、というように海と町を眺めていた。

秀雄の父は六十一だった。晩婚の子供だった。祖母は戦後、繁華街に家を一軒持っていた。化粧をした、若い女たちのたくさんいる家だった。葬儀の日にも、母ほどの年齢の女がひとり来ていた。両親は不快な顔をした。女は、姐さんのことを何故もっと早く知らせてくれなかったのか、と半ばなじるようにいった。秀雄にもその女が祖母とどういう関係だったかすぐわかった。

憎みながら、踏みとどまって、その死の時までこの町にいたのは父だけだ。息子の俺でさえ、と秀雄は思った。

「この町で暮したいわ」

薄々知っているはずなのに光恵は葬儀の時も、その後も何もたずねなかった。秀雄は父を思った。力が身体にみなぎるのを感じた。

「ちょっと、要塞を見たいな」

光恵は反対しなかった。塹壕の名残りは、今、秀雄たちが立っている場所の、ちょうど頭上にあった。そこまでずっと陽当りのいい山道を登った。

塹壕は危険防止のため、鉄柵が張りめぐらされてあった。深かった。階段がいくつもあった。観光客はめったに、ここまでは来なかった。彼らは最も眺望のいい場所に群れているはずだ。

鉄柵から覗きこんでも、塹壕の通路だけが見えた。耳を澄すと、石の階段のほうぼうを兵士たちがのぼり降りする音が聞こえそうな気がした。

降りてみようか、と光恵を誘った。彼女は顔をしかめて首を振った。

「それよりあそこは?」

光恵が指さした場所は小高い丘だった。砲台のあった場所だ。

「行こう」と秀雄はいった。

丘には石の階段が二箇所ついていた。三人は左側の階段を登った。草が行く手をさえぎるほど伸び放題の箇所もあった。秀雄は草を払いながら、娘を真ん中にして歩いた。階段は崩れている箇所もあった。光恵は娘に注意を払っていた。陽子は、早くジュースが飲みたい、と訴えた。

「上まで行ったら、今度は右の階段を降りよう」

秀雄がいった時、上から人が降りて来た。外国人の親子連れだった。父親はリュックを背負い、栗色のカールした頭髪と立派な顎髭をたくわえていた。顔を合わせた瞬間、秀雄も相手も短い驚きの声をあげた。すぐに外国人の男の眼元に、陽気な性格の滲む笑いが浮んだ。そして顎を引いて頷くようにした。

「こんにちは」秀雄はいった。

彼は秀雄よりだいぶ齢上に見えた。彼の後ろに、やはり陽気な夏にふさわしい笑みを浮べた太った母親と、父と同じ栗色の髪をした女の子が降りて来た。女の子はそばかすだらけで、陽子より七、八歳は上のようだった。なんだか敵意のこもったような警戒の眼で秀雄を見た。こんにちは、とそのふたりにも秀雄は挨拶をした。階段は狭く、互いに一列になって通り過ぎた。背後で光恵の、こんにちは、という声がした。頂上まで登ったが、何もなかった。秀雄たちは頂上から外国人の親子が地面に降り立つのを見た。彼らは乾燥した地面に立ち、この丘は何だろうというように首をかしげ、周囲をゆっくり歩きだした。

秀雄たちも、すぐ右の階段から降りることにした。祖母は溺死したのではない、両親に看取られて死んだのだ、とふと思った。右の階段は幅が広く、陽がさんさんと当っていた。両側は石を積み重ねた土手で、秀雄の肩ぐらいまであった。ゆったりとした気持で三人は並んで降りた。外国人の親子がちょうど階段の下へまわって来たところだった。上と下から顔を合わすような形になった。その時、突然、階段の途中で小さな生きものが動いた。「栗鼠」と光恵が叫んだ。

それと同時に、外国人の父親が、スクイラル、と二度叫んだ。

野栗鼠は黄金色の体毛と身体とおなじぐらいある尻尾を陽で輝かせていた。そして、思いがけない挟みうちに戸惑って、階段の途中で忙しく眼を動かした。

陽子が、リスさん、リスさん、といいながら這うように階段を降りて行った。

「驚かさないのよ」光恵は囁くような声を出した。

秀雄はしゃがんだ。下からは外国人の娘が陽子と同じように這いながらのぼって来る。野栗鼠は陽子と眼が合うと下に向って逃げ、すると外国人の娘と眼を合わせて、上に逃げた。秀雄は腹の底から笑った。視界が揺れるなら揺れろ、と思った。階段も陽子も野栗鼠も山も海も、揺れるなら揺れてみろと思った。汗が吹きだした。もう終ったのだ。少なくともひとつは。

野栗鼠は上と下から追って来るふたりの女の子の間で、何回かのぼり降りした。それから立ちどまり、ふさふさした尻尾をかかげた。少し身体を右に移した。外国人の両親も下から自分たちの娘を眺め、声をかけていた。秀雄の父が戦争へ狩り出されたように、外国人の祖国の父親も四十年前、そうだったろうか。ここに駐屯し、無為に海ばかり眺めていた兵隊たちのように。

小動物の眼に、恐怖に似た光が走った。野栗鼠は決断したようにジャンプした。左の石の壁を蹴り、その反動で右の草むらに跳び込んだ。一瞬のことだった。外国人の娘がそばかすだらけの顔をしかめて指を鳴らした。

大きなハードルと小さなハードル

河原の石は焼けきっていた。もうすこし早く家をでてくるべきだった。そうすれば対岸の岩陰や木陰に陣どれたろう。秀雄たちが着いた時には、もう他の家族連れがそれらの場所を占領していた。光恵は文句もいわずに陽溜りにレジャーシートをひろげ、はしゃいだ声で娘の陽子に、四隅に石を置くように命じた。励ますような声だった。誰を励ましているのか、と秀雄は娘と一緒にレジャーシートにおもしがわりの石を置いて、一瞬思った。考えるまでもない。きまりきっている。罐ビールでも飲みたいな、と彼はほんの冗談のつもりで口にした。光恵の表情が強ばり、うつむいて唇を噛む。こういう女だ。生真面目で、他人の言葉を額面通りに受け取る。それにしても、今、口にすべき冗談ではなかったことも確かだ。ガラスの全くはまっていない借屋の三畳間を思い出した。粉々に散乱した窓ガラスと秀雄自身の血で汚れた畳も。光恵に何かいいたかった。ひどい冗談だ、すまなかった、と。だが彼は、陽子の服を黙って脱がせている光恵を見ただけで、自分もTシャツを脱いだ。

彼は海水パンツだけになって、レジャーシートにあおむけに寝ころんだ。ほうぼうで家族連れの、明るい透明な声や水しぶきの音が聞こえた。彼は眼をつむった。泳いで来なさい、と光恵が陽子に話していた。陽子は少しためらっていた。幾らかおびえた様子だ。幼稚園のプールとは勝手が違うからだろう。さあ、さあ、と光恵は促す。秀雄はまだ眼をつむり、陽射しに顔を晒していた。足裏のガラスで切った癒えかけた傷は、かゆみをともなって疼いた。一週間もすれば、しかしそれも消える。それ以上の傷はどうにもなるまい。

レジャーシート一枚では河原の石の熱は防ぎきれなかった。石のひとつひとつに夏が閉じ込められ、外側の世界に出たがっている。夏は容赦がなかった。秀雄は胸に滲み出る汗や足裏の癒えかけた切り傷とともに、この季節を受け入れた。今までも幾度となくそうしてきたような気がした。

眼をあけると、紺の水着を着た陽子の手を引いて、光恵は水際わに立っていた。光のせいでふたりの体の輪郭は曖昧に見えた。対岸では男の子たちがゴーグルをつけて深みで泳ぎ、父親は煙草をくゆらせて釣りざおをたれていた。どんな空腹な、どんな馬鹿な小魚でも釣れるはずがなかった。投網でなければ無理だ。父親はだが、川の中のたいらな石に突ったって、じっとしている。釣れても釣れなくともいいのだろう。夏の正午の時間さえ、水の流れのようにゆっくりと過ぎ去ってくれれば、他のことはたいして重要ではない、といったふうだった。すくなくとも父親は時間を無為に過すことを愉しんでいた。他の何組かの家族も似たり寄ったりだった。秀雄は立ちあがった。

水際わに行くと、マッチ棒ほどの小魚が散ったり集ったりしていた。彼は足首まで水に入った。娘が魚を追っていた。陽子、行こうと手をさし伸べた。娘がおずおずと母親を見上げた。

「泳いでおいで。気持がいいわよ」

光恵が頷いてみせる。濡れた手を陽子が伸ばしてきたので、秀雄は柔らかく力をいれて握った。すこしのあいだ指をもむように陽子の手を愛撫し、深みへ向った。川底は水苔ですべりやすい。ふたりは川の中心まで進んだ。それでも水かさは陽子の胸ほどしかない。流れはゆるやかだ。

「ひとりで泳げるかい」

「ビート板があればね」

「じゃ、お父さんがビート板だ」

秀雄は両手を組みあわせて前に突きだす。陽子のたよりないてのひらが腕を掴んだ。よし、と秀雄はいった。さっきレジャーシートを敷く時、光恵がだしたような、はしゃいだ励ますような声だった。俺もあいつと同じだ。無理に声をだしている。秀雄は苦笑し、もっともだ、と自分にいい聞かせた。まったく、もっともな話だ、構うものか、ここにいる家族連れがびっくりして見つめるほど、大声を張りあげるんだ。

「身体を浮かして」

陽子はためらっていた。岸辺の光恵に助けを求めるような視線を投げた。浮かすんだよ、たったそれだけさ、と秀雄はゆっくり話しかけた。来年、小学生になったら、もっと泳ぐんだからね。彼は続けた。

「さあ、勇気を出して」

ためらいののち、秀雄を見、唇を噛むと、陽子は思い切って水に身体をまかせる。秀雄は笑いながら流れに沿って移動した。娘はしっかり秀雄の腕に掴まり、足をばたつかせる。水しぶきが跳ねあがり、秀雄の髪や顔を濡らす。来年？　来年は小学生だって？　明日はどうするのか。秀雄が腕と額で叩き割ったガラスの入っていないあの借屋に戻ったら、どう夜を過ごし、朝をむかえるというのだ。

実際、俺はとぼけたことを口にしている。

陽子は懸命に足をばたつかせている。時々父親を見、得意気に充実した笑いを見せる。いいぞ、その調子だ、と大声を張りあげながら秀雄は川底を踏みしめた。水苔で足がすべり、バランスを失った。途端に彼は頭まで水につかった。娘の身体が水中でぶつかる。彼はいそいで立ちあがった。陽子も、もがきながら顔をだした。髪を張りつかせ、眼をしばたたき、何かいおうとした。

「水を飲んだか」

「うん」

「もう一度やろう」

陽子は恐怖と気後れで首を振った。秀雄は手を握り、岸辺の光景を見やった。光恵は日傘もささずレジャーシートに坐って、唇をゆるませながらこっちに視線を送っている。放心しているように見える。ふたりは岸に向かった。

「おとうさんは静岡に行かないの」

「ああ、行かない」

「お家にひとりでいるの」

「そういうことだね」

「一緒だといいのに」

「そうしたいよ。でも行かないんだ」

光恵が手を振ってきた。静岡のおじいちゃんの家でプールに行ったよ、流れるプール、と陽子が無邪気に話しかける。

「夏休みのあいだ中、もっと泳ぐんだね」

「そうする」

河原にあがった。おべんとうにしよう、と光恵がいった。焼けた石を踏んで近づく。水滴が髪からも顎からもたれた。またたくまに乾くだろう。とにかく今は盛夏なのだ。秀雄にとって、夏は愉しむための季節だった。

去年の夏には一週間、資材倉庫での仕事の休暇を取り、三人で秀雄の両親の住む北方の小都市へ行った。祖母の葬儀のためだった。彼らは、少年時代秀雄が毎日眺めて暮した山に登ったりしたものだ。連絡船と夜行列車で東京へ戻ると、故郷の両親はふたりきりの生活になってしまった。平穏ですくない会話、つましい食事と規則正しい生活、それがふたりに残された日常だ。今年秀雄は何をするにも休暇を取る必要がなかった。

彼は四月に職場をやめ、月一度、職業安定所に失業保険の手続きに行けば済んだ。十一月までそれで暮せた。その先は……。彼は再び苦い笑いをこらえた。八月は黙っていても過ぎる。九月も十月も十一月も同じだ。やらなければならないことは今のほうが山ほどあるのだ。さしあたってどうするか。窓ガラスをはめるか。

秀雄はレジャーシートに坐った。麦茶を飲んだ。陽射しで皮膚が乾くと、足裏の傷がふたたび疼いた。夏の光に思いきり身体をいたぶらせたかった。

「明日、静岡に戻るわ」

「そうしろ」

秀雄は水際わで遊んでいる陽子を見て答えた。

「そのほうが本当にいいの」

「一週間前には黙ってでて行ったじゃないか」

「咎めているのね」

秀雄は、あおざめ、疲労しきった光恵に視線をやった。眼に力がなく、おどおどしている。そうじゃない、と彼はいった。

「迷っているのか」

「あたり前でしょう。何年一緒に暮してきたと思うの」

「何年でも同じことさ」

「でも、あんたとあたしのことだけじゃすまないわ」

秀雄はまた水際わの娘に視線を戻した。陽子は小魚やアメンボを追いまわしていた。

「俺の両親のことならいい」

悲しむだろうが、と思いながら答えた。自分が引き受けなければならない。始末をつけなければならない。それでいい。光恵は沈黙した。

「どうせ、以前からろくでなしの息子だ」

「あんたは弱虫よ」

光恵はやっと自然な陽気さに戻って口元をほころばせた。

「静岡の両親には話したか」

「母にはね」

「どういってた」

「あたしの問題だって」

秀雄は小石を拾って、水際わの陽子越しに水に投げ込んだ。それから、と光恵はいいにくそうに言葉を濁した。秀雄は小石が水に落ちた地点を見ていた。他の家族連れは笑いさざめいていた。それらの声は水面を渡り、木々の枝や葉を通って届いた。いかにもそれは夏の季節を過ごすのにふさわしい光景だった。あんたが、と光恵は期待を持っていない声で切りだした。

「病院に入って、お酒をやめるなら、そのあいだの経済的援助はしてくれるそうよ」

「……」

「どうなの」

「そんなことは、してもらうわけにはいかない」

「今さら見栄を張ったって、仕方がないじゃない」

「酒はやめる。入院はしない。いったはずだ」

光恵は沈黙した。まるで自分を納得させるように、軽く頷いた。そして、できるの、ときいた。

「やるさ。一年も二年も鉄格子の入った病院で暮せというのか」

「すぐに過ぎるわ」

「冗談いうな」

秀雄は七日間、酒を飲んでいなかった。ちょうど光恵が実家に帰っていたあいだだ。足裏の傷はその二日前に作ったものだった。

「あたしと陽子はどうするの。その相談に帰ってきたのよ」

「明日、実家に戻れよ」

「……」

七日間ですでに不眠ははじまっていた。ひき続き、視えないはずのものが視え、聴こえないはずのものが聴こえるようになるかもしれなかった。結論はひとつだ。光恵にわかってもわからなくともいい。ひとりでいることが最も賢明な道に思えた。

「離婚するっていうこと」

おまえがそうしたければ、もう俺にはとめることはできない、と秀雄は思った。それぐらいのこと、いや、それ以上のことを俺はしてきた、とも思った。何組かの陽気な家族連れを光恵は眼で追った。屈託のない笑い、どこにもひび割れの入っていない日々、労働と休憩、豊かな眠り。わずかに芽生える不安も、それらの内で穏やかに摘みとられる。すくなくとも外側からはそう見える。光恵は立ちあがった。陽子の傍へ歩きかけ、あんたといると家族という気がしないわ、心も休まらない、といった。

「あの連中がうらやましいか」

光恵は陽射しの中に立ったまま、振返って怒りに満ちた眼を向けた。あんたに、と声を震わせた。

「あの人たちのことをとやかくいう資格があるとでもいうの」

「……そうだな」

光恵はさっさと背を向け、陽子の傍に立った。陽子が微笑んで見上げる。乾きはじめた髪が風になびくように揺れた。光恵はしゃがんで、陽子と一緒に石を積みあげ、池を作りはじめた。ちっちゃいお魚さんをこの中に入れよう、と光恵の喋る声が届く。また秀雄はレジャーシートに寝転んだ。

医者はいった。重度のアルコール中毒だ、と。即刻、入院する必要がある、たぶん、長期の入院になるだろう、適当な病院を紹介します。秀雄はその場で断わった。ひとりでなおすことは大変むずかしいことだ、あなたは辛い思いをするだろう、と痩せた医者はなおも説得した。入院をするつもりはない、と秀雄は答えた。医者は説得に有効な言葉を捜し、溜息をこらえて首を振った。

秀雄はいいたかった。俺は自分を信じる。自分の中の力を信じる。陽子のかんだかい笑い声が空に立ちのぼる。生きている声だ。あの声は光恵にも、この俺にもあるはずだ。俺は自分を信じる。秀雄はあらためて思った。陽子の弾んだ声が彼の身体にしみ込んでくる気がした。それが彼をいっぱいに満たすことを願った。そうだ。あるはずもないものが視えるというのなら、いくらでも視えてくるがいい。聴こえないものが聴こえるなら、ひしめきあって鼓膜に届くがいいのだ。俺はここにある物音や声や自分の中にある自然な力を信じる。

陽にあぶられて、足の裏の傷がまた疼いた。明日のことも、一年先のこともわからない。だがこの傷ができた夜のことは何度でも思い起こすだろう。

あの夕方、光恵と陽子が居なかったのは幸いだった。秀雄はいつもどおり朝から、酒を飲んでいた。いつからそんな習慣がついたのかわからない。酒の中に逃げている、と医者はいった。正しい。医者は正しいことだけを口にした。だがそれだけだ。秀雄は家の中でただひたすら酒を飲み、彼の外側にあるありとあらゆるものに対して悪態をつき、それが次第に狂暴な力となって暗く盛りあがるのを感じた。何とか気持を抑えようとしたが無駄だった。無駄とわかってあがき続ける自分がそこにいた。闘ってでもいるつもりだったのだろうか。そうかもしれない。そのつもりで酒を飲み続けていたのかもしれない。お笑いだ。あの時秀雄は盛りあがる怒りの出口を求めるために夕暮れの迫った外界めがけて、こぶしを握り、渾身の力で腕を突きだした。窓ガラスがはぜるように割れた。するとそれが突破口になり、そこから彼のすべてがあふれだした。充足と歓喜が彼をしっかりととらえていた。一瞬の快感を彼は今も覚えている。次々とガラスを素手で叩き割り、しまいに額で突き破った。荒い息を吐き、満足し、無数の大小さまざまの破片の上を歩き回り、夕暮れの街へでた。

額とこぶしを切り、足裏に七センチほどのぎざぎざの傷ができたのを知ったのは何時間も後のことだ。記憶は切れ切れだった。酔いが醒めぬまま借屋へ戻った。明け方近かったろう。すでに陽子は寝ていた。光恵は六畳の部屋に坐っており、秀雄を見るなり、どこに行っていたの、ときいた。覚えていなかった。電車に乗っていたこと、キヨスクで雑誌を買ったことだけ甦った。窓ガラスを割ったのは頭の片隅にしか残っていない始末だった。

今、パトカーであんたを捜し回ってあきらめて帰って来たところよ、と光恵はいった。パトカーだって、と彼はきき返した。光恵は金切り声をあげた。台所にまでガラスの破片が飛び散っていたのよ、畳のあちこちが血だらけで……誰だって気が動転するわ。俺がパトカーの世話になるようなことをしたか。あきれたものだわ、足を見せなさい、と強い口調で光恵はいった。彼にはまだ何ものみ込めなかった。いわれるまま右足を出し、その時はじめて、白い靴下の底一面に血が滲んでいるのを知った。傷みはなかった。光恵は血で貼りついた靴下を脱がせ、手際よく手当てをしてくれた。うつむいたままオキシフルで傷を洗い、どうしていいのかわからなかったわよ、と早口で喋った。オキシフルが触れると傷口から泡がいっせいにふきだし、秀雄はぼんやりとそれを眺めながら、ある種の昆虫の卵のようだ、孵化しない前の、と思った。あんたと一緒になった頃もしょっちゅうこうだったわ、覚えている？　光恵は繃帯を巻きながら上眼遣いに秀雄を見、それでも笑いかける努力をしていた。そうだったな、と彼はいった。電車で喧嘩をしてアパートへ帰って来て、翌日、あんたこんな街はうんざりだ、引越すっていいだして、山梨まで家を捜しに行ったの覚えているでしょう。ああ、よく覚えているさ、と秀雄は深々と煙草を吸って答えた。

光恵はてきぱきと繃帯を巻き続けた。山梨の不動産屋で余所者扱いされて、適当にあしらわれて、ほら仕方なしにあんたと川を捜したわ。彼はあの時はただ人々がひしめいているこの大都市からひたすら逃げだすことを願っていた。ウェイターや皿洗いの仕事を転々としていた頃だ。何年も前だ。思いだすのも億劫だ。あんたは今じゃ他人を傷つけるかわりに自分を傷つけているわ、違うわね、どっちも同じことよね、ただもう区別がつかなくなったんだわ。

もうやめろ、と秀雄は遮った。いいわ、やめましょう。光恵は足裏の手当を終えると秀雄の額を指で触った。ほら、ひどいものよ、と指を見せた。固まりかけた血がこびりついている光恵の指を秀雄は見降した。ひとつ、頼みがあるの。秀雄は、なんだ、といって髪を指で掻いた。砂つぶのようにガラスの破片が頭からこぼれ落ち、一片が棘になって親指に刺さった。光恵が額にもオキシフルを塗った。かすむ眼で秀雄は、螢光灯の光をはらんだ破片を爪で抜き取った。

明日、病院に行ってくれない、あたしもついていくわ。まるで子供でもあやすような いい方だった。わかるでしょう、これで限界よ、あんたはもう、アルコールで心も身体もめちゃくちゃになっているんだわ。秀雄は答えなかった。あんたには他人の助けが必要よ、なんとかいってちょうだい。パトカーや精神科の医者の助けか、と秀雄はいった。誤解しないで。パトカーを呼んだのはあんたが心配だったし、あたしもどうしていいのかわからなかったの、それだけよ、あの部屋の様子を見たら、誰だってそうするわ。

わかった、眠らせてくれ。秀雄は答えた。

翌日、二人は陽子を連れて郊外の病院へ行った。清潔だった。開放病棟のベランダで寝転んだり、しゃがんだりしている患者たちのひとりが、明らかに知りあいの人間にするように手を振ってきたりした。快晴だった。眼の奥に鋭い痛みを感じるほどだった。

光恵が昨夜のことを説明し、そのあいだ医者は秀雄をしばしば直視した。そして入院をすすめ、秀雄はあっさりと首を振ったのだ。医者は、ひとりでアルコールを断つことはほとんど不可能に近く、自分だけでなく奥さんや娘さんも様々な意味で傷つけることになるだろう、と粘り強く説得した。結局、本人にそれを承諾させるのが無駄だと知ると、医者は光恵に相談を持ちかけるような眼つきをした。光恵はあきらめて、有難うございました、もう結構です、と頭を下げた。

借屋へ帰ると、彼女は無言で表情を強ばらせ、古いボストンバッグに着替えを詰め込んだ。秀雄は憔悴して、ガラスのない窓から外を見ていた。言葉が無力なのを互いに確認しあってでもいるように無言が続いた。光恵は子供のリュックに陽子のオモチャと絵本を詰めた。陽子は母親にまとわりついて、ねぇ、どこへ行くの、としきりにはしゃいだ。それでも光恵は黙りこくり、仕度が終ると、実家へ帰る、とだけいい置いて陽ざかりの中へでて行った。たとえ誰であれ、他人を引きとめるだけの力は残っていない、あったところで光恵をそうさせることはできない、何より無意味だ、とだけ秀雄は思っていた。

彼は河原に寝転び、水の音、家族連れたちの笑いや叫びに耳を傾けていた。じくじくと胸に汗が滲み、手で拭う。石は彼を焼き続ける。汗を拭うと、ガラスの破片が皮膚中に突き刺さっている気さえする。酒が切れると、まず不眠が起こり、ついで手足が震え、悪い場合には譫妄が起きる、と医者は話した。譫妄？　と光恵がきいた。そうです、意識が濁り、錯覚が生じ、在りもしないものが視えたりすることですよ、たとえば部屋中にアリやクモが無数にいるというような。医者はもしそれらの状態が起きた時が最大の問題なのです、といいた気に秀雄を見つめ、ついで光恵に視線を移した。

くそったれ。夏にあぶられながら秀雄は唇を噛んだ。光恵たちは池を作り終え、小魚をタオルですくいはじめた。陽気になろうとしている。陽子に話しかける光恵の声でわかる。他の家族が俺たちを見たら、やはり安定した破綻のない家族に見えるだろう。季節と休日を愉しみ、気持良く疲労しきる午後。くそったれめ。

いつしか秀雄はレジャーシートの上でうとうとした。昨夜も二時間ほどしか眠っていない。何分まどろんだろう。五分か、十分か。切れ切れに眠りに落ち込みかけては、眼を醒ました。暑さで頭の芯が痺れていた。自分をふるいたたせて、秀雄は立ちあがった。光恵たちの所へ行った。水に入った。くるぶしがいっきに冷たくなり、彼は娘のそばにしゃがんで池を覗いた。五、六匹の小魚がいた。ハヤかヤマメの雑魚だろう。小魚は水に射し込む光を反射させ、出口を捜して泳いでいた。俺みたいなものだ。いや、光恵かもしれない。そう、いうべきだろう。

彼はふたりの傍を離れ、川岸に沿って歩いた。暑さと寝不足で身体がふらついた。しっかりしろといいきかせた。まだ先は長い。在りもしないものが視えはじめたら、どう闘うか。はじまったばかりだ。しっかりするんだ。

十センチほどの深さの、せきとめられたよどみがあった。何か生きものが動いていた。魚ではない。それはしきりにもがいているように見えた。しゃがんで、秀雄は水中を注視した。七、八センチの赤黒い甲羅で覆われたアメリカザリガニだった。身体を横向きにし、腹のヒレを波打たせていた。ヒレには埃りのようなものがびっしりとこびりつき、水の中でひらひら絶えず動く。何かの病気に取りつかれ、瀕死のままあがき続けているように見える。秀雄は光恵たちを呼ぼうかと思って、光の中でたわむれているふたりを見た。それから思いとどまって、もう一度ふかみに眼をこらした。だが、それは、やはり、まぎれもないアメリカザリガニに違いなかった。秀雄は大声をだした。

「陽子、いいものがいるぞ」

生き生きとした眼で娘がこっちを見た。光恵が、何なの、と叫んだ。いいから、来い、と秀雄は手まねきした。光恵はめんどうくさそうだった。陽子はしかし、ものうく身体を動かす母親の手を引いて、秀雄のほうに歩いて来た。彼はザリガニを見続けていた。

「いったい、何がいるの」

頭の上で光恵の声がした。秀雄は指さした。ふたりがしゃがんで指の先を見た。

「ザリガニ、陽子知ってるよ」

娘はそれが何か知っていることのほうが自慢のように嬉々とした声を出した。

「でも弱っているみたいね」

「誰かが手を焼いて捨てたのかもな」

「つかまえて」と陽子がせがむ。

秀雄と光恵は顔を見あわせた。

「お家に持って帰る」

「それはできないよ」秀雄は首を振った。

「いいでしょう、お母さん」

光恵は戸惑っていた。力なく首を振る。光恵らしくない。陽子が怪訝な大人びた表情で母を見、ついで父を見た。場合によっては幼稚園の退園手続や離婚届けもしなければならない。すくなくとも、明日か明後日にはふたたび静岡へ行くことになるだろう。光恵は適切な言葉が思い浮かばなかった。

「どうしてなの」

陽子は秀雄の腕を摑んでせがんだ。

「このザリガニは病気で苦しんでいる。身体を横にしているだろ。家へ持っては行けないんだ」

秀雄は答え、光恵があとを続ける。

「あきらめなさい」

「病気をなおしてあげれば」

「そんなわけにはいかない。このザリガニはここにいたほうが、きっとうれしいと思うよ」

秀雄はいい、水の中にそっと手を入れてザリガニを摑まえようとした。それはあいかわらず水中でもがき続けていた。秀雄の二本の指が甲羅を挟んだ。するとザリガニは痛みに触れられたように尾を激しくばたつかせ、腹ビレを勢いよく振った。するとこびりついていた藻のようなものが、その途端、いっせいに四方に飛び散った。あっというまだった。秀雄はおどろいて、手を引っ込めた。ザリガニは活発に水中で動いた。ヒレから飛び散ったものは、水底一面に広がった。陽子は息を詰めている。秀雄はもう一度水に手を入れ、今度は飛び散った藻のようなものをつまんだ。陽に晒し、てのひらにのせた。光恵が嘆声をあげた。無理もない。それはまだ半ば透明なザリガニの仔だった。てのひらの中で、かすかに動くのを見て秀雄は、何日ぶりかで陽気に笑った。

「おどろいたわ」と光恵がいう。

　秀雄は陽子の眼の前にてのひらをだした。

「赤ちゃんよ。こんなにたくさん」

　光恵はまだおどろきの眼で、声を弾ませ陽子に話した。

「知らなかったわ。大きくなるまで、きっとお母さんのお腹にくっついているのよ」

「重くないのかな」と陽子が眼を輝かす。

「だから身体を倒していたのね」

「何匹ぐらいいる」と陽子。

「そうね。百……、二百ぐらいかしら」

「いいかい陽子、離してやるよ」

　娘は納得した。秀雄は水にてのひらを入れ、軽く振ると、ザリガニの仔は流れるように水中に漂った。彼は陽気な気持と裏腹に重い疲労を感じた。あってはならないようなものを見たような気がした。身体が熱を帯びたようになり、彼は無言でその場を離れた。血がわきたつように感じ、それを押しとどめながらレジャーシートの場所まで歩いた。何てことだ。光恵もやって来た。娘はまだザリガニを見ている。秀雄はシートに身を横たえ、煙草を吸った。光恵が隣りに坐った。

「大丈夫かしら」

「何が」

「母親のお腹から離れて」

「どうかな」

何匹、生き残るだろう。十四か二十四。いや、もっとすくないかもしれない。多分そうだろう。魚たちのエサになるものや脱皮しきれぬもの、それに共食い。生き残ったものだけが幸運というべきだろうか。不運も幸運もあるものか。光恵の声の中に素朴な感動の響きを聞きわけたように思い、すると秀雄は自分に欠けているものが何か、わかるような気がした。彼はまた川の流れや家族連れの声、風が木の枝を揺らす音に耳を傾けた。

「明日、本当に帰ったほうがいいの」

長い沈黙のあと、また光恵がいった。秀雄は眠りたかった。寝そべったまま、そうしろ、と答えた。

「それしかないの」

「……」

「おかしいわね」

「そうか」

「あたしらがこんな話をしているなんて、ここにいる他の人たちには想像もつかないでしょうね」

「……」

「あんたは本当に頑固よ。笑ってしまうわ」

陽子はまだいっしんにザリガニを見ている。

「本当に滑稽だわ」

「麦茶をくれ」

魔法瓶から麦茶を注いで顔の上にさしだす。のろのろと秀雄は身体を起こした。ゆっくりと口に含む。そのとおりだ、俺たちは一生懸命、家族のふりをしている。彼は麦茶を飲みほした。

「ひとりで大丈夫？」

「たぶんな」

「時々電話をするわ」

「俺もするよ」

「離婚のことは、もうすこし考えるわ。そうしたいの」

「いつまで考えるんだ」

「茶化してるの。あんたはどうなのよ」

今、そんなことを考える余裕は彼にはなかった。そう話した。ひと夏、と光恵はいった。

「あんたが、ひと夏、アルコールを断ったら戻るわ」

「ひと夏もふた夏も、もう一滴も飲まない」

信じなくともいい。と付け加えたかったが、やめた。医者も信じないだろう。構わない。

「陽子のことを思っているならやめろよ。自分のことだけを考えたほうがいい」

「あんたみたいに」

「そうだ」

「いいわ」

「おまえは何歳になった」

「何をいうかと思えば。あんたのふたつ下じゃない。あんたと一緒になって八年よ。あと四年で三十だわ」

「後悔したろう」

「誰にいっているの。馬鹿にしないでほしいわ」

料理の本を見ながら、スプーン一杯の砂糖を、なんて食事を作ってきた女ならいざ知らず、と光恵は軽口を叩いた。そうでしょう、といいた気に秀雄を見おろす。

「陽子が日射病になるぞ」

光恵が、陽子、頭を濡らしなさい、と叫んだ。陽子は水をすくって首すじにかけた。艶やかな健康な腕だ。あんたが、なんであんなにお酒を飲まなければならないのか、と光恵がいった。

「その苦しみが見当つかないのよ」

「かいかぶるなよ。そんなものありはしないさ」たとえあっても話しようがない。それだけだ。

「もうやめろよ。こんな話」

「そうね。きりがないわ」

「いい休みだ。少し眠るぞ」

秀雄は眼をつむった。目蓋の裏がちかちかした。もっと懸命に家族のふりをすればいいのだ。本当にいい一日だわ、何をしに帰ってきたのか忘れそうだわ、と光恵の声が遠くから聞こえた。母親の腹から離れて、おびただしいザリガニの仔が川底に散る。またたくまに秀雄は眠った。夢も見なかった。

眼醒めた時にも陽射しは勢いを弱めていなかった。眠る以前のことはすべて夢で、光恵も陽子もいないような気がした。だが光恵と陽子は彼の隣りで、むすんでひらいて、をやっていたし、陽子はもう服に着がえていた。家族連れはすでにふた組ほど減っていた。時間をきくと、三時半だと光恵が答えた。そして、まるで死んだように眠っていた、この暑いのに、といった。

「帰りましょうか」

「ああ、いい時間だな」

電車で家まで一時間半かかる。三回も乗り継がなければならないのだ。ひと晩、三人で過ごし、明日からはまた秀雄ひとりだ。ひと夏、と光恵はいった。だが彼は、希望は持つまいとひそかに誓っていた。

「陽子、池をこわして、魚を逃がしてやりなさい」

光恵が命じた。陽子は川岸に走って行って、母親と作った池の石を崩した。光恵がレジャーシートを畳む。秀雄は着がえをした。あんた、と、だしぬけに光恵がいった。

「敗けないでよ」

「おまえも、しっかりやってくれ」

光恵がくすくす笑った。小娘のような笑い。それが光恵だった。ひさしぶりに彼女の笑いを耳にしたような気がし、彼は確実にひとつ小さな傷口がふさがるように感じた。

「まったく、おかしな会話ね」

「そうでもないだろう」

「離婚するかもしれないというのに」

「それなら、なおさらだ」

「あんたらしい、いいぐさだわ。何かあったら電話して」

「何もないさ」

あるもんか、と自分にいいきかせた。光恵はショルダーバッグに、シートや魔法瓶をしまった。あの晩、と秀雄はいった。

「パトカーが俺を見つけていたら、今頃はいやおうなく病院かな」

まじまじと光恵が返した。

「たぶんそのまま直行したたわね」

「今日、川にも来れなかったわけだ」

光恵は、もうその話はやめるはずだったでしょう、といった。

「そうだったな」

池を崩している陽子を見ながら、彼は憎しみでも怒りでも何でもいい、身体に満ちることを願った。そしてあらためて視えないものでも、聴こえないものでも全部あらわれるがいい、と思った。俺の前に立ちふさがるがいい、すべて視、すべて聴いてやろう。大きなハードルも小さなハードルも、次々と跳び越えてみせる。

池を壊し終えると、陽子はザリガニのいた場所へ行った。秀雄はもうそんな生きもののことは忘れていたし、興味もなかった。彼らが来た時から、釣り糸をたれている男は、まだ同じように釣りざおを握っていた。男の子供たちは疲れを知らずに泳ぎ、母親は木陰で本を読んでいる。明日、また別の家族がここに来るだろう。次の日も、その次の日も。不意に陽子が叫んで、秀雄と光恵を呼んだ。しきりに手招きし、昂奮で皮膚を紅潮させているのがわかる。

「何かしら」

「ザリガニが死んだんじゃないか」

「早く来て、来て」

「笑っているわよ」

「行ってこいよ」

光恵は娘の所へ行った。秀雄は光の中に立って待った。釣り糸をたれている男のように何時間もそうしていたような奇妙な気がした。光恵が水中を見つめ、ついで顔を輝かせて秀雄を呼んだ。

「いいかげんにしてくれ」

「ぐずぐずいわないで、来なさいよ」

彼は突っ立ったまま首を振った。渋々ふたりの所へ近づいて行った。釣り糸をたれていた父親はこっちを見ていた。微笑ましい光景でも見るように、かすかに口元をゆるめている。

「ほら、見て」

光恵が指さす。彼はしゃがんだ。アメリカザリガニはふたたび身体を横に倒し、もがいていた。最初、見つけた時と同じ恰好だ。そして腹ビレをゆっくり動かしていた。ヒレは六枚かそこらあった。そのどれもに、さっき飛び散ったザリガニの無数の仔がびっしりとしがみついている。

「だまされたな」彼はいった。

「頭がいいんだわ。鳥や人間にねらわれたら、仔供たちを跳ねとばして逃がすんだわ」

「一杯くわされたんだ」

もう一度秀雄はいって、水中を凝視している娘のあたたかく乾いた髪に触った。

納屋のように広い心

乗客たちと一緒に、秀雄はタラップに出た。九月の夜気とタラップの下からたちこめる濃い潮の匂いがした。乗客の大半は旅行者で、彼らは疲労もまた愉しみのひとつといったふうだった。白い清潔な服を着たボーイ長が、よい御旅行を、とさかんに乗客たちに声をかけていた。一時間後には船は折り返し、それが最終便になるのだ。

秀雄は手ぶらだった。それなのに身体はたっぷり水を吸ったように重く、だるかった。タラップが揺れると、足元だけでなく、身体全体がふらふらしておぼつかない感じがした。

これから光恵に何といおう。最初にどんな言葉をかけたらいいだろうか。思い浮ばない。言葉はすべて無意味に思える。確かにそうだ。なにもない。列車待ちの客たちで、ごったがえす待合室に歩きながら、娘の陽子はどうしているだろうか、と思った。

五歳と二ヶ月になったばかりで、普段はとっくに眠っている時間だ。

光恵はそれとなく警官に見守られているはずだ。海峡の向うの街で、駅員や警官と共に光恵と陽子の乗船名簿を見つけた時、警官はまず秀雄に、奥さんは投身自殺をするおそれはないか、とたずねたものだ。ないと思う、と彼は答えた。実際はわからなかった。まじまじと警官は秀雄を見、一応、乗船している公安官と連絡をとって、あんたの奥さんから眼を離さないようにさせる、向うの駅の警官にも連絡をつける、といった。秀雄は頷き、十センチもの束になった乗船名簿を見おろしていた。光恵と陽子の名簿は一番上だった。紐で縛った名簿をほどき、日付けと船名を書いた最初の紙をめくった時、まず光恵のが眼にとびこんできた。あっけにとられた。まさか一番上にあるとは予想もしなかった。これです、と秀雄は思わず声を強めたものだ。上にあるのは最後に乗船した証拠だった。ああ、この人なら、と駅員はかすかに笑みを浮べた。出航ぎりぎりに駈けつけてきたのでよく覚えている、娘さんはつなぎのジーパンをはいていた、と話した。幾分、得意気だった。秀雄はただ突っ立って、遠い声のように聞いていた。どうしてこうなったのか、理由がわからなかった。どう考えても見当がつかない。あの置き手紙はなんだろう。あたしも好きにやります、放っておいてください。テーブルの上にそれだけ書いてあった。言葉がすくない分、彼女の中に空洞があって、そこは秀雄の入って行けない部分のように思えた。すると秀雄は不安になった。光恵の友人たちに次々電話したが、誰も、知らない、何かあったのか、と逆にきかれさえした。それで秀雄は、光恵はこの街を出たのだ、と確信した。

まあ坐りなさい、ひとまず船に乗っているのだけはわかったのだから、と初老の駅員は親切にすすめた。秀雄は礼をいって坐った。そのあいだに警官が電話で連絡を取っていた。大声で光恵の名前をいい、そうです、二十八歳、娘さんは五歳、名簿も本名を書いていますしね、まあ、投身の心配はないと思いますが、などと手際良く喋っていた。駅員がお茶をだしてくれた。投身する人は本名を書かない人が多い、と彼はお茶をすすめながらいった。自分の娘も半年前結婚したばかりだ、二十何年も勤めていれば、これでもいろいろなことにぶつかる、とも喋った。警官が連絡を終り、向うの栈橋の待合室にとどまらせることにした、何があったのかは知らないが、そこから先はふたりでよく話しあうことだね、あんたも子供ではない、心を広く持つことだよ、と充分、分別を身につけたという口調でいった。

それから駅員室で二十分待ち、次の便の船に乗ったのだ。

待合室のベンチは大勢の人で満たされ、騒ついている。売店はシャッターが降り、立ち喰いソバ屋も軽食の店も明りは消えていた。熱く苦いコーヒーを飲みたかった。秀雄は顔をあげ、人々を見まわしながら、ゆっくりと通路を歩いて光恵を捜した。けれども、そうするまでもなかった。二列に並んだベンチの一番奥に光恵は正面をむいて坐っており、ずっと彼を見つめていたからだ。うとうとしている老人やさかんに喋っている女たちの頭越しに光恵と視線があった。最初から彼女は秀雄に気づいていたようだ。距離をへだてて二、三秒見つめあった。すると秀雄は不意にかすかな腹だちをおぼえた。最初に会ったらどんな言葉を口にしようかと考えていたことなど、どこかへ行ってしまった。ここまで来たことがひどく馬鹿馬鹿しく思え、場合によっては一発張り倒してもいい、とさえ考えた。理由によってはそうするつもりだ。散々、友人たちに電話をし、桟橋に駈けつけ、三時間半も船に揺られてきたのだ。あんなわけのわからない置き手紙だけで振り回されたのだ。

光恵にしきりに話しかける娘の陽子の背中が見えた。いちいち頷いてやりながらも、光恵は秀雄から視線をそらさなかった。そしてうつむいて陽子の顔を見、何か喋るのが見えた。陽子がびっくりしたように振返った。ねっ、というふうに光恵は娘に頷く。陽子は秀雄を見つけると、顔中を輝かせた。そして、ベンチのあいだの通路を、秀雄のほうに全速力で走って来た。彼の腹だちはすこし萎えた。身体ごとぶつかるように陽子が足に絡みつく。ワンカップで一杯やっていた陽焼けした男がふたりをにこにこ見る。名簿を出してきてくれたあの駅員ほどの年齢で、出稼ぎか行商人といった酷使した身体つきの男だった。秀雄はしゃがみ、片腕で陽子を抱きあげた。あんたの娘さんか、と酒を飲んでいた男がしわがれた声できいた。そうだ、と秀雄は柔らかく温い娘の皮膚を感じて答えた。なんだかひどく懐かしい感触だ。めんこいな、と男はいい、俺の娘もこんなふうだった、と続けた。秀雄は構わず立ち去ろうとした。男がすっかり酔った声でまたいった。

「八年も前に東京へ行って音沙汰もない。おかしな商売にでも足を突っこんでなきゃあいいんだが、あの親不孝者の馬鹿娘が」

無視しかけたのに秀雄は立ちどまった。見ず知らずの人間にでも、話さなければならないほど心を占めている。酔いで充血した男の眼を見、大丈夫ですよ、と本気で答えた。きっと、ちゃんとやっていますよ。ああ、ああ、と男は頷く。

「そのうちめんこい孫を連れてくる。俺は信じているんだ」

「そうですよ」

秀雄は、周囲の人間が好奇の目差しで見て、薄ら笑いを浮べて聞いているのを気にせず、声に力をこめた。

光恵がまだ、こっちを見ていた。娘を片腕で抱いたまま真っすぐ近づいた。途中、
「お母さんとどこに行くつもりだったんだい」と陽子にたずねた。
「ジュンコおばちゃんのとこ」
仙台にいる光恵の友達だ。何年か前、東京で知りあい、今は故郷の仙台に帰ってい
た。俺たちも去年まで、あの大都市に九年近くも住んでいたのだ。
陽子は彼の腕の中で、うれしそうに母親に手を振った。光恵が笑った。普段とさし
て変りない。なんだか、からかわれているような気さえした。光恵の前で立ちどまっ
た。彼女が黙って見あげる。彼は娘を床に降した。そして光恵の隣りに坐った。なん
でもいいから喋ろうとした。やはり言葉が浮ばない。彼女も同じようだった。コーヒ
ーが飲みたい。思いきり苦く、疲労が薄らぐようなやつだ。秀雄は煙草を吸った。陽
子がまた光恵にまとわりついた。空腹で胃がすこし痛んだ。
「競馬、どうだった?」
話のきっかけというふうに光恵が先に口を利いた。なんだって、と秀雄はすこし面
くらっていい、光恵を見た。
「勝ったのね」
頷いた。昼すぎから行って、メイン・レースまで駄目だった。最終レースで、東京

の競馬場で何度か見かけた馬が出た。秀雄はそれに賭け、取り戻したのだ。そうでなければ船賃さえなかったろう。

「それでこんなことをしたのか」

光恵は少し口を噤んだ。考えていた。それから、答えた。

「違うわ」

「それじゃ、なんなんだ」

「ふうっとよ。気がついたら船に乗っていたの」

「嘘つけ。昼間から夢でも見ていたわけじゃあるまいし。ふざけるな」

棘々しくいったあと、秀雄は両手で顔を覆い、洗顔でもするみたいに強くこすった。汗と埃りがこびりついている気がする。煙草を床に落とし、靴底で踏み潰す。

「何を考えているんだ」

「どこかに行ってみたくなったの」

「それじゃ、あの置き手紙はなんだ」

「お願いだから、たて続けにきかないでよ」

その時、警官が見まわりに来て、秀雄たちを見つけた。ゆっくりとした足取りで近づいて来た。何度、ああして見まわりに来たかしれない、ずっと看視されていたわ、と光恵が小声をだした。秀雄が立ちあがった。あなたが御主人ですね、と警官が確認するようにたずねた。周囲の人間たちがいっせいにこっちを見た。そうです、御迷惑をかけました、と頭を下げた。

「こっちはこれが仕事です。まあ安心しました。向うの桟橋には連絡をしておきましょう」

もう一度秀雄は頭を下げた。いやいや、と警官は秀雄の内側を覗きこむような目差しになって、首を振った。光恵に、奥さん、よく話しあってください、と声をかけ、陽子の頭を撫ぜると彼は行ってしまった。列車の到着が告げられ、周りの何人かが忙し気に立ちあがった。

秀雄はますます光恵の心が摑みにくい、苦い気持になって坐った。船の中でも公安官が何回もきたわ、といった。どうして、こんな大げさなことになったのか、とでもいいたそうだった。陽子が眠たがって、次第にむずがりはじめた。

「あちこち、お前の友達に電話をした」

「あたしの友達とはいえないわ」

「そりゃ、俺の昔からの友達の女房たちだ。でも仲良くしていたじゃないか」

「…………」

「酒だってやめた」

触れたくはなかったが、秀雄はいった。去年の夏なら、こんなことは充分考えられた。一日中酒に溺れ、怒鳴り、あばれ、結局重症のアルコール中毒だと診断された時、秀雄はひと夏かけて自力で酒をやめた。医者は驚きの眼でみて、あなたは意志が強い、ひとりではとても無理だと思っていた、とさえいった。意志は強くも弱くもない、と秀雄は思ったものだ。それから、秀雄の故郷へ転居して、もう七ヶ月にもなるのだ。忘れていたし、忘れたかった。けれども、一度でもかすかに亀裂が入り、綻びてしまったものは、もうとじあわせることができないとでもいうのか。だが光恵はいった。

「それはすんだ話よ。そうでしょう」

「だから……」

「あんたの両親には、今日のこと話したの」

「いや。俺たちの問題だ」

秀雄の乗ってきた船が折り返す時刻になった。案内板が出、そろそろ並ぶ人間もふえはじめた。しきりに陽子がむずがり、早くジュンコおばちゃんの所へ行こうよ、と光恵にせがむ。まだ汽車がこないの、わかるでしょ、と穏やかに説明していた。折り返し船で戻るか、仙台行きの夜行に乗るかだ。しかしそんなことよりも以前に決着をつけなければならないことがある。

「前から考えていたのか」

「違うわよ。今日、あんたが競馬場に行ったあとよ」

「だから、それが悪いんだろ」

膝に顔を伏せた陽子の髪を愛撫している光恵の手を見た。光恵は溜息をついた。それもあるかもしれないわ、と渋々答えた。

「でも競馬は土・日しかやっていない。俺は月曜から運送会社で働いている。土・日に引越しの仕事があれば、休日出勤だって文句もいわずに出ている」

「わかっているわよ」

光恵は声を強めた。だったらと、秀雄はいった。

「だったら何？　競馬に行くのを止めたことはないわ。そんなことじゃないわよ。あたしも好きにやりたかっただけだわ」

むしろ光恵の声は静かで、何のよどみもなかった。かえって秀雄は混乱しそうだった。それならばひとこと、ジュンコの所へ遊びに行きますとでも置き手紙に書いてくれてもよさそうなものだ。放っておいてくれ、とはどういうことだ。そう思い、そう喋ろうとして、秀雄は立往生した気持になってしまった。少し口を噤み、気を取り直して、仙台までの切符はもう買ったのか、とたずねた。光恵が首を振る。弱々しく笑みを浮かべ、実をいうと迷っていたの、だらしないわね、と自分にいい聞かせるように答えた。そのあいだも光恵の膝に顔をのせ、むずがって甘える娘の腕や肩を撫ぜてやっている。その手の動きを見ながら、秀雄は、俺にはおまえが何を考えているのかわからない、と正直にいった。

「あたしもよ。自分が何をしたいのか、時々わからなくなるわ」

光恵が秀雄の眼を見て、鳩のような短い声をあげて笑う。まるで和解でもしたようにだ。それが彼にも伝染して、同じように笑いがもれた。

「おかしいわね。馬鹿馬鹿しいほどおかしいわ。本当に何を考えていたのかしら」

光恵は娘の腕を撫ぜ続けながらいった。納屋のように広い心。いつだったか、ほんの暇潰しに読んだ、アメリカの長い小説にあった言葉が、だしぬけに浮んだ。むこうの街の桟橋で乗船名簿を見つけたあと、警官が口にした言葉も。彼は、心を広く持つことだ、とお説教をしたのだ。そんなことでどうにかなるものか。心のほうが広い。納屋のようにだ。広すぎる。手で触れることも、踏みこむことも本当はできないのかもしれない。

船の時間がせまるにつれ、人々の列は次第に長くなりはじめた。さっきふたりの所へやってきて、秀雄を確認した警官も、列のそばにたたずんでいる。荷物を盗もうとする者や、列を乱そうとする者を、見張ってでもいるように、その警官は腕を後ろで組み、胸をそらせ、人々を眺めている。秀雄はたぶん自分とそれほど年齢差のない制服をまとった男を見、どうする、あの列に並ぶか、と光恵にきいてみた。七ヶ月もすぎたのに、と彼女は正直な声をだした。

「あの街には馴染めないわ。ほんとうは、ただのホーム・シックなのよ。きっと、そうだわ。女子学生みたいでしょう」

実は俺もだ、と秀雄はおどけた。今まで黙っていたが、あんなにうんざりした東京に時々戻りたくなる、と。

「今日も、東京の競馬場で見ていた馬に賭けたほどだ」

名をきかれた。光恵も知っている牝馬だった。あのスプリンターが、とすこし驚く。

「格下げになって、俺の故郷にまで遠征してきたんだ」

デビュー当時から、名スプリンターとして将来を約束されていた馬だった。そういえば三歳の新馬戦も秀雄の故郷でデビューし、レコード勝ちをしたのだ。とにかく速かった。

「勝ったの」

「ああ、みごとだった」

「あの馬なら見たかったわ」

列に並ぶことも、もうどうでもいいことのように思える。陽子は母親の膝でうとうとしはじめた。その牝馬のおかげで、懐は暖かい、と秀雄はいった。この次は特別戦に出走するだろう。でも、もう約束される将来は失われたままだ、とも思った。

「今夜はここで一泊しないか。仙台に行くなら、明日でもいいし、せっかくここまで来たんだ。明日一日、この街を見物してもいいじゃないか」

「どこに泊るの」

「なんとかなるさ。とにかく、一度、ここを出ないか」

ホーム・シックだなんて、嘘でも真実でもただのいいわけでも同じことだ。

「どうする」

「いいわ」

光恵が頷く。よし、行こう、と秀雄は自分を励ますように声を出す。その時、人々の列から、ゆっくりと離れ、さっきの警官が近づいて来た。秀雄は陽子を背負った。あいかわらず、柔かく温い娘の身体の感触が、彼の中に滲み込む。警官が眼の前に立った。連絡はつけておきました、と彼は秀雄にいう。光恵に眼を走らせる。

「どうしますか。船で帰りますか」

秀雄は、いや、今晩はここで泊ります、と答えた。そうですか、宿の手配でもしましょうか、と警官はいった。これ以上、迷惑をかけることはできない、と断った。

「そんな。何でもないですよ」

「自分たちで捜します」

秀雄より先に、光恵がきっぱり答えた。船の中でも、桟橋でも、ずっと看視され続けて、もうたくさんだ、という響きがあった。

「そうですか。奥さん、気をつけて」

ふたりは頭を下げ、改めて礼の言葉をいい、背をむけた。秀雄はまだ背中に視線を感じた。並んでベンチの通路を歩き、船を待つ人々の列を横切る。街に出るためには、一度、列車のホームに降りなければならない。そこを歩いて、改札まで行くのだ。

東京行きの寝台列車と、椅子席の急行列車が並んで発車待ちをしている。夜が急に身近なものとなり、もう潮の匂いはしない。急行列車の乗客が頬づえをついたり、お喋りしたり、弁当を食べたりしている。何人かが秀雄たちをぼんやり眺めている。背中で、娘が眼を醒した。センダイに行く汽車に乗るの、と寝言のようにきく。光恵が娘の背を軽くぽんぽん叩き、今晩はね、ここに泊ろ、と語尾を切って快活に話す。陽子が喜びの声をあげる。

ホームはとてつもなく長い気がした。真っ直ぐに伸びた一本のホームにすぎないのに、出口はないように思えるほど長い。出口がない？　それはあの最終レースで千二百メートルの短距離を、最初から先頭を切って走り抜いた、格下げで人気もない、牝馬だ。スタートから飛ばしすぎ、直線では足が鈍るだろう、と彼でさえ思った、あの馬だ。それなのに三馬身も差をつけゴール板を逃げ切った。けれども、たとえそれが二千でも三千の距離でも、楕円形の馬場を、堂々巡りのように走るだけにすぎない。

「どこに泊るの」

すっかり眼を醒してしまって陽子がきく。

「これから捜すの」

光恵はまるで何もなかったように答える。この街で思いがけず一泊することに、光恵でさえうきうきしているように思える。ホームは列車の先頭を過ぎてしまっても、まだかなりあった。日本で一番長いのだ、と秀雄は話したりした。

ホームの突き当りはまた階段になっていた。彼は娘を背負って、一段ずつ踏みしめてのぼった。ホームにいた時は両側から夜に挟み撃ちになった感じだったのに、階段ではくまなく明りに晒されてしまった。光恵とはもう話すことは何もない。すくなくとも今日のできごとについては。

階段をのぼった時は息が弾んだ。毎日、引越しが主な業務の運送屋で、荷を積み降ししているはずなのに、と思った。

改札を出た。駅前広場は暗く、出た所でそれからどうするか、迷った。宿などあるだろうか。タクシーでさえ、二、三台しかとまっていない。放りだされた感じだ。光恵とちょっと顔を見あわせた。男が横から近づいてくる気配を感じ、秀雄はそっちを見た。痩せて、眼鏡をかけ、気の弱そうな五十歳ほどの男だ。何か喋った。え、と秀雄がいう。泊りませんか、と男はいったのだ。むりに標準語を使おうとしていた。あやしい者ではない、とでもいいたそうなほど、頼りのない声だ。

「駅前の日本風の、いい旅館です」

日本風の、と強調したので、秀雄は思わず吹きだしそうになった。それでも男は、秀雄たちをひと目見て、土地の人間ではなく、宿を捜そうとして途方に暮れかけているのが、すぐわかったような口振りだった。ただの客引きだろうか、旅館の主人だろうか。

「ひとつだけ、ちょうど空いているんです。とてもいい部屋ですよ」

身なりも表情もくたびれ切っているように見える。おそらく何人にも声をかけたのだろう。そしてたぶん秀雄たちが最後なのだ。

男はしきりに、いい部屋だ、ゆっくり休めますよ、と強調して繰返す。素泊りの値段をたずねた。御家族で五千円で、と答えた。信じがたい。一人でも泊れるかどうかの値段だ。秀雄はじっと眼鏡の奥の細い疲労した柔和な眼を見た。光恵を振返った。彼女が、頷く。あらためて彼は男を見た。そして、泊めてもらうことにする、といった。男の眼がさらになごんだ。安堵し、待ったかいがあった、というふうだ。ちょっと待って下さい、と男が急いで喋って、駅の角のほうへ小走りに歩く。

「車で連れて行ってくれるのかな」

「どうかしら」

けれども、男はすぐ型の古い、ごつごつして頑丈なのが取柄といった黒の自転車をひいてきた。愉快だった。照れたように、行きましょう、と男が自転車を押しながらいう。

広場を横切り、狭い脇道に入った。どこから来ました、と男がきき、海峡の向うの街だ、と秀雄は答える。光恵は黙って歩く。それで、これからどちらへ、と何気なく男は話す。何か事情のある家族だと承知していて、あえてさり気なく装っていた。手にとるようにそれがわかる。

「仙台」と秀雄がいった。

「いいですね、奥さん」

「でも明日はこの街を見物するつもりなんです」

それなら、と男はますます暗くなる道で、世界的に有名な版画家の名前をだし、その人の記念美術館に行くといいですよ、などとすすめた。この街でその版画家が生まれたことを誇りにしている口振りだ。

「ええ、ぜひ、そうします」

光恵は上手に話をあわす。両脇は商店だったが、暗くてそれが何かはわからなかった。すぐ近く、といったのに、旅館まで相当あった。

「あそこです」

男が、木造の駅前旅館の看板を指さした。しみったれて、さびれた旅館だ。やはり、そこの主人本人なのだろう。客引きをわざわざ置くほどの旅館ではない。しかし、なににしろありがたかった。とにかく身体を癒したい。できれば風呂にも入りたいが、この時間では無理かもしれない。

旅館の前は仄暗かった。男は自転車のスタンドを立て、玄関をあけた。そのあとに秀雄たちも続いた。

「ここで待っていて下さい。今、部屋の用意をしてきます」

男がいって、木の古びた廊下を例の小走りで姿を消した。秀雄は陽子を降した。

「本当に昔からの駅前旅館ね」

光恵が天井や板壁を眺めていう。秀雄は煙草を一本吸った。変哲もない風景画、古い柱時計、旅館組合の加入証を入れた額、花瓶。泊り客は誰もいないように静まり返っている。男はなかなか姿を見せない。根元まで煙草を吸い靴で踏み潰す。

「おじさん遅いわね」

「ああ。それより明日、本当に美術館へ行くか」

「ついでだから行きましょう」

陽子がまた、眠気でぐずりはじめた時、やっと旅館の男が戻ってきた。困惑したような顔をしている。

「ひと部屋、あいていたはずなんですが、ついさっきふさがってしまって……」

男があわてていいわけをした。狼狽していた。それで、申し訳ないのですが、と秀雄に何も喋らせまい、とでもいうようにつけ足す。

「違う部屋ならあります。きれいな部屋で、風呂もついています。そこで、かんべんしてくれますか」

律義だった。どこでもいい。駅前のベンチやターミナルの草はらで眠るわけにはいかない。そう男に伝えた。彼はほっとしたような顔をした。微笑さえ浮かべ、すぐそれを引っこめた。眺めはあまりよくないのだが、ともいった。秀雄はじれた。

「構いませんよ」

彼は陽子を抱きあげて、さっさとあがり、スリッパを突っかけた。光恵もあとに続いた。男が先頭に立って案内し、時々、ふり返って、本当にその代りいい部屋ですとか、洋室ですが広いとか、くどくど喋り続ける。律義なのを通り越し、まるでこれまで一度も人生に自信を持ったことのない男みたいだった。

秀雄も光恵も沈黙したままあとをついて歩く。表から見た時よりも建物は奥行きがあり、廊下は曲りくねっていた。建て増しを続けた旅館のようだ。廊下は仄暗く、時々軋み、古い時代からの匂いが天井や壁に染みついているようだった。深夜近くまで駅の改札で自転車で客を拾う男の貧相な背中にいかにもふさわしい。見捨てられ、取り残された駅前旅館だ。

こちらです、と右に曲る廊下の角で男がいった。眼を見張ってしまった。突然、様相が違い、けばけばしい派手な模様の壁紙が張られ、照明も明るくなった。天井には所々、安っぽいシャンデリアが飾られ、廊下も幾分広く、カーペットが敷かれている。とても、今まで通ってきた、さびれた旅館とは思えない。光恵が秀雄をまじまじと見た。彼は、そうだ、というように軽く頷いてみせた。光恵にも見当がついたようだ。男は黙って先を歩く。駅前旅館に泊った客がここに紛れ込まないように巧妙に造られているようだった。秀雄は一度振返ったが、やはり様相の変った境い目がわからなかった。

ようやく部屋に通された。不必要なほどの青い毛足の長い絨毯、ごてごて飾りのついた照明、ダブルベッド、壁の一方は鏡張りだ。奥さん、おかしな部屋ではありませんから、と男はいいわけのように喋った。鏡は戸で閉められるようになっています、風呂はここです、と指さす。

「いい部屋だ」と秀雄はぐるりと見回して感想を述べた。

娘の陽子は最初きょとんとし、ついでまるで無邪気に喜びの声を張りあげた。さっきの値段で構わないのか、と秀雄はきいた。勿論です、こちらの手落ちですから、と男はいう。

「三人でベッドで休まれますか」

できれば蒲団をひとつ敷いてもらいたい、と秀雄は答えた。

「はい、はい、すぐそうさせます」

「本当にいい部屋だ。驚いた」

秀雄はベッドに腰かけている光恵に声をかけた。

「ええ、悪くないわ」

光恵は笑いをこらえていた。陽子がベッドの上に這いあがって身体を上下させ、尻でスプリングを弾ませる。すぐ蒲団の仕度をさせます、と男は繰返し、部屋を出て行った。秀雄は、まったく、と大声をだし、思わず笑い声をあげてしまった。光恵も一緒になって吹きだす。娘はベッドからジャンプして絨毯に飛び降り、鏡の前に走って、大きい、お母さん、凄い、と喚く。

「お家にもこんな鏡があるといいね」

秀雄を見あげ感嘆の声をだす。ああ、そうだね、と答える。七ヶ月、暮したアパート、隣りの部屋の声がつつぬけになり、間近にある浜のせいで毎日、薄っすらと砂が積る。毎朝、光恵は玄関前の砂を掃除し、洗濯をする。夕方、彼は快適で充実した疲労感を抱いてアパートに帰り、食事をし、三人でテレビを見る、二百回以上、それを繰返した。陽子と並んで鏡の前に立つ。鏡の内側で娘が彼を見あげ、微笑みかけてくる。窓が映っている。それはすべて曇りガラスで、外は赤や青の原色の明りがまたたいている。

「あたしたちのこと、なんだと思ったのかしらね」

「こんな場所も知らない子供だとでも思ったんじゃないか」

鏡の中でもうひとりの秀雄が口を動かす。

「まさか」

「それじゃ、向うの街から夜逃げでもしてきたように見えたかもな」

「なにをトンチンカンなことをいっているの」

旅館の男は恥じていた。それだけが伝わった。男が、もしこの表だけは駅前旅館の主人だとすれば、建て増ししたこの部分は彼の気持にそむくものだ。そう想像してみた。もしかすれば、彼の息子か娘かが、さびれた古いだけの旅館に見切りをつけたのだ。秀雄は卑屈なほど恥じていた弱々しい男の姿を思いだし、勝手に想像してみる。

だが、もし、雇人にすぎないとすれば……。

「あの自転車もおもしろかったわね」

光恵が声を弾ませる。

「それにしても、上手く作ったものね。表からじゃ、こんな場所に続いているなんて、誰も思わないわ」

ふたつに引き裂かれた建物。

「大変なアイデアよ」

鏡を離れて窓辺に行き、もしかすれば、と秀雄は続けて思った。あの男は俺たちに一杯くわしたのかもしれない。おどおどした口調や態度で、ちょっとごまかしたのかもしれない。想像は、しかし想像にすぎない。

どうでもいいことだ。それに、すくなくともった五千円で、俺たちのひと晩に力を貸してくれた。だます気なら、あとでもっと値を吊りあげていいはずだ。手品のように、愉快で、陽気な夜に変えてくれた。

「お風呂に入ろうか。陽子」

なんの屈託もなく、光恵がいう。探険、探険しよう、陽子。

「うん」

陽子が叫ぶ。ふたりは風呂場のドアをあける。お風呂もきれいねえ、と語尾を伸して陽子が眼を見張る。入ろう、入ろう、と光恵は促す。

「あんたは」

「俺はちょっと一服だ」

ふたりは風呂場に入ってしまった。バスタブに湯を注ぐ音がする。秀雄はその音に混ったふたりの嬉しそうな声に耳を傾けた。

ドアがノックされた。若い女が満面に笑いを滲ませ、蒲団をかかえて入ってきた。めんどくさがってもいない。

「ベッドの脇でいいですか」

「ええ、お願いします」

なんだか、さっきの男の娘のような気がした。今夜の珍客をおもしろがっているようだ。風呂場では、光恵と陽子のはしゃいだ声が何重にもこもって響く。女はてきぱきと敷布団をのべ、シーツをかぶせる。そして清潔な枕。手持ち無沙汰になって、秀雄は窓をあけてみた。すると、アーケードのような色鮮やかなオレンジ色のテントの通路が見え、その先にモーテルの名前をつづったネオンサインがまたたいていた。その右側は駐車場で、五、六台の車がとまっていた。

「いい眺めですね」

秀雄はわずかにしくしくした胃の痛みを感じていった。ずっと何ひとつ食べてはいないのだ。

「いやですよ。お客さん」

若い女が蒲団を整えてくすくすいう。

「時々、俺たちみたいのが来るのかな」

若い女はますます、声をこらえ、身体を折るようにあけっぴろげに笑う。

「表のお客さんは、どの部屋でも表のお客さんですよ」

すこし真面目な顔で強調した。それから、海の向うの街から来たんですか、ときき、そうだ、と答えると、八月の祭りにはあたしも船で見物に行きました、と世間話をした。

蒲団を敷き終え、女はポンポン、仕上げのように叩いた。

「どうぞ、ごゆっくり」

「ありがとう」

秀雄はそれから、さっきの男の人に、特別室の礼をいってほしい、と軽口を叩いた。はい、はい、伝えておきます、と若い女はあくまでも陽気に受け流して、出て行った。

秀雄はしばらく窓辺に突っ立って、点滅するネオンサインや、空室あります、の看板や、アーケードの原色のテントを眺めた。

今日、一日はいったい何だったのだろう。

わかっていることはひとつだ。ひと晩ここで眠り、朝になる。明日がどんな日であれ、今日のことはずっとわからない一日として終る。きっとそれだけだ。わかる必要もないのかもしれない。

あの男に感謝せねばなるまい。このモーテルに泊めてくれたことを。おかげでくどくどといいあうこともなくなった。それだけでも今夜は充分だ。車が一台入ってきた。カップルが車を降り、アーケードに入る。けれども上の方は駐車場からずっと幕が降されていて顔は見えない。

秀雄は窓を閉めた。ベッドに放りだしてある光恵のバッグが眼に入る。風呂場ではまだ母娘が湯を浴びている。たっぷりと湯を満たして、使いたい放題しているようだ。

彼はベッドへ行った。すこしためらってからバッグをあけてみた。また胃がしくしく疼き、口は煙草と埃りとで、膜でもこびりついているようだ。財布、口紅、運転免許証、そして一枚、切符が入っていた。取りだしてみた。やはり仙台行きの急行券だ。駅の鋏みが切符に入っている。改札口を出る時、秀雄は先にでたのだ。それを思いだした。またあの置き手紙の、どうしようもない投げやりな、そのくせ、きっぱりとした言葉を思いうかべる。じっと見つめた。和解？　違う。切符は買っていない、と光恵はいったはずだ。秀雄は元に戻した。

彼はふたたび窓へ行った。だが、今度は閉めたままでいた。仙台行きの気持が本当だとしても、光恵はあの時嘘をついたのではない。この、半分はモーテルの奇妙な作りの旅館に連れてきたあの男が、けっして嘘をいったのではない、と同じようにだ。

もう一度、秀雄は、納屋のように広い心、とつぶやいてみた。いったいあの小説はどんな物語だったろう。あとかたもなく忘れた。いつ頃読んだのかも思いだせない。海のようにでも、空のようにでもない。納屋のようにだ。なぜなのだろう。

その時、しくしくした胃の痛みが、急にひどくなった。息が詰りそうだった。痛みは身体を貫くように走り、吐き気さえし、思わずその場に身をよじって、しゃがんでしまいそうになった。閉めた窓に両手をつき、絶対にしゃがむまい、とこらえた。こんなモーテルに三人で泊るはめになったのだ。素晴しい夜でなくて、いったいなんだ。うずくまってたまるものか。一日のことが順序もなく頭をめぐる。額から脂汗が滲んだ。彼はそれを拭おうともせず、まるで何ごともなかったかのように、大はしゃぎをしている娘の声に、いっしんに耳を傾けた。じき、風呂場から出てくるだろう。笑顔を作る用意をしなければならない。できれば冗談のひとつも考えよう。

明日、と思おうとした。そして、やめた。どんどん胃はさしこみ、彼は荒々しい息をつく。それは胃からくるのではなく、もっと他の眼に見えない部分からやってくる痛みのようだった。

秀雄はまだ窓枠に手をつけ、折れかけた草のようになった身体を支え続けた。

裸者の夏

水の流れはどこにも見えない。陽子が失望の声をあげた。土手を降りた。青空だ。河川敷には草野球場とゲート・ボールの二面のコート、その先に瘦せた名前のわからない樹が一本あるだけだった。八月末の焦げつくような陽射しから身体をかくす場所はない。野球場といっても、一塁と三塁側に板のしきりがあるだけのしろものだった。応援席もベンチもなく、野球をやっていない今、そこはただの広場にしか見えない。ゲート・ボールのコートでは色あせた麦藁帽子をかぶった老人が、ひとりで練習していた。あとは秀雄と陽子がいるだけだった。そのかわり、あのおびただしい蟬の声からは、いくらか解放された。

光恵の実家からの道々、街路樹という街路樹で、蟬はさかんに鳴き喚いていた。それはふたりの頭上からふり注ぎ、暑さをつのらせた。しかも樹の下には蟬の死骸がぽたぽた落ちていた。それらはたった今しがたまで、最後の気力をふりしぼって枝や樹皮にしがみつき、力つきて炎天下の路上に落ちたようだった。光に腹を晒し、夏の終りを端的に物語っていた。死んでいるとわかると、陽子は興味を示さなかった。秀雄はといえば、生きものの身体の内側で季節が交差すると考えるだけで、ひどくうっとうしい気持だった。

一塁側の板柵を秀雄はまたいだ。替えのパンツとタオルの入った手提げのビニール袋を持った陽子も父親を真似た。細長い黒板のようなスコアボードが立っており、白いチョークで点数が書き残されたままだ。先攻したチームが六回で逆転し、結局そのまま二点差で逃げきっていた。試合は朝の涼しいうちにでもやったのかもしれない。あと二ヶ月で七歳になる陽子が石を拾い、スコアボードに投げつける。しかしそれは命中せずに、放物線を描いて地面に落ちただけだ。

「お転婆」と秀雄は陽気な気分になっていった。

「だって、どこで遊ぶの。水なんかないじゃない」

「そんなことはないさ。あの向うだよ、きっと」

川原の中ほどに、石がうずたかく土塁のように盛りあがって、どこまでも続いている。砂利の採掘場のようだった。

「本当？」

「行ってみればわかる」

確信はなかった。見渡すかぎりの石だらけで、もしかすれば何キロも続く土塁の向うに流れがあるかもしれない、と思っただけだ。けれども砂利の採掘場ならその可能性は薄い。左手に鉄製の広い橋がかかっていて、車がひっきりなしに往来している。昨日の夕方、光恵と陽子とでこの街に着いた時、タクシーであの橋を渡ったが、水は夕暮れの底に沈んで見えなかった。歩いて渡れば十分はかかるほどの橋だ。まさかこれほどの川に一滴の水もないはずはあるまい。日照り続きだとしても、どこかにあるはずだ。そう思うと秀雄は無性に水に触れたくなった。なかば気のすすまないままに光恵の実家を出てきたのに、と思って彼は苦笑しかけた。海かプールのほうがよかったな、と陽子が訴えるように不満をいうのを秀雄は聞き流した。

「つまんないよ」

「とにかく、あそこまで行ってみよう」

秀雄はうずたかい石の土塁を指さす。ここから見れば近そうだが、実際はかなりあるかもしれない。一面の石と強い陽射しが距離感を曖昧にしていた。

河川敷から川原に降りるゆるいコンクリートの勾配は二メートルほどあった。陽子が両手をつき、四つん這いの恰好で、足のほうからそろそろと降りて行く。時々動作をとめ、首だけで振り返って川原を見おろす。慎重だ。秀雄はTシャツの中で汗が滲むのを感じながら、両足に体重をかけ、コンクリートの坂を降りる。秀雄が先に降りきった。コンクリートが焼けている、といって、陽子はさかんに手が熱い、と小さい悲鳴のような声をあげた。しかし、それは熱さをうけ入れた歓喜の声にもとれた。秀雄はその声を聞くと、あの土塁まで行けば必ず川の水が深く鋭く光を反射して、亀裂のように流れている気がした。そう願った。用心深く陽子が川原に降り立つのを彼は待った。

そうしていると、彼は自分がいつも川に魅かれてきた気がした。北方にある秀雄の故郷には、狭いドブ川が一本あるきりだった。魚も棲んでいないのだ。大きな川を見ると、理由もなく心が満たされるのはそのせいかもしれない。東京に住むようになってから、何度光恵と川へ行ったろう。陽子が生れてからはそれが頻繁になった。たぶん動物園や遊園地へ行った回数よりも多い。陽子を遊ばせるというより、自分の気持をなだめるためだ。そういったほうが正しい。今日のように、まるで光恵に押しだされるみたいにここへ来てさえ、そうだ。しかし、この俺に、とりたてて何の不満があるだろう。なだめなければならない何があるというのか。

「広いねえ」と陽子が嘆息する。

「そうだな」と秀雄はうわのそらで答えた。

今頃、義父は居間でテレビを見ながら、ひとりでビールを飲んでいるだろう。光恵は洗濯か掃除をしているかもしれない。それとも何ヶ月ぶりかの母親と世間話でもしているだろうか。秀雄は自分たちが東京にいるあいだの義父の一日を想像してみた。そしてすぐやめた。一日テレビをつけっぱなしにし、朝、昼、夕とビールを二、三本飲み、そのあいまあいまに眠るのだ。その繰返しをすでに七年続けている。とても簡単で退屈な一日だ。秀雄なら一週間と我慢できないだろう。むしろ簡単すぎて、義父の一日のうちの細部の襞に想像が行きとどかない。


一緒に飲まないかね、と一時間ほど前、義父は自分でグラスを二個とビールを持って来て秀雄にきいた。テレビがバスケットの中継をやっていた。いえ、とだけ秀雄は首を振った。義父は一瞬、唇を固く結んでテレビに視線をやった。言葉が足りなかった、と思った。もっと違ういい方があっても良かったはずだ。

そうかね。

表情を顔に出さずに、テレビの中で激しく動きまわる選手たちに眼をやったまま義父は、一人ごとのようにいった。秀雄はうまい言葉が浮かばなかった。それが見つかっても、義父は受けつけそうにもない。落着かなくなった。

そうかね。

もう一度義父はまったく同じ口調で繰返し、自分で栓を抜いた。真っ昼間から酒の相手はどうしてもできなかった。居間と続いた台所にいた光恵が話を聞きつけたらしい。

陽子とふたりで川にでも行ってくれば。

行こう、行こう。

積木をやっていた陽子が喚声をあげた。義父は黙っていた。陽子が催促した。

行こうよ、ねえ。

そうするかな。

それがいいわ。今、用意するから。

光恵はてきぱきと仕度をはじめた。バスケットの試合はまだ前半だった。シーソーゲームで、どっちが勝っても不思議はないように思えた。秀雄は立ちあがった。居間を出る時振返ると、義父はビールを注いだグラスに手を伸ばさず、じっとテレビを見ていた。秀雄のグラスは、カラのままテーブルに置いてあった。陽子に、行っておいでとも、義父は声をかけなかった。庭に出ると義母が芝生に水を撒いている最中だった。どこへ行くの、ときいた。川、とだけ陽子は答えた。

いいわね、たくさん遊んできなさい。

うん、と陽子は声を弾ませていった。

そうして、ここへ来たのだ。癒されなければならないのはやはり自分ではない、と秀雄は思った。すると、なぜか、水の流れのない川が俺にふさわしい、という気がした。

陽子がふぞろいの石の上にビニールの手提げを置き、疲れた、とってその上に腰を降した。少し休むか、と秀雄もいい、並んでしゃがんだ。ズボンのポケットから煙草を出して吸った。乾燥してまずかった。石の火照りが身体を包み込む。まるで途方に暮れた親子のようだった。四、五メートルほど前に、人の頭ほどの木の根が転っていた。陽子が小石を拾ってねらいを定めて投げつける。まるで当らない。時々かする程度だ。ほとんどは届きもしない。かすると、陽子は無邪気に、惜しい、と大声をあげる。そのうちむきになり、次第に熱中しはじめた。

秀雄は煙草をサンダルの底で潰した。それは義父のものだ。彼は娘と一緒に小石を拾って投げた。三度に一度は当った。うまいなあ、と陽子が感心したような声を出し、父親を見る。そうだろう、と秀雄は単純に自慢した。ひとしきり、それを続けた。秀雄も熱中した。Tシャツを脱いだ。大つぶの汗が胸に滲み、流れた。愉快だった。汗は快適だった。

「あのね」

だしぬけに陽子が石を投げるのをやめてきいた。まじまじと秀雄を見ている。

「なんだ」

秀雄は真剣な光をたたえた陽子の眼を見つめた。そして、てのひらほどもある石を投げた。それは木の根にみごとにぶつかり、鈍い音をたてた。

「どうしておじいちゃんは昼間でもビールを飲むの」

「さあ、どうしてかな。お父さんにもわからない」

「朝でも飲むんだよ」

「いいんだよ。飲んでも」

「朝、起きてすぐだよ」

「ああ、おじいちゃんはいいんだ。特別なんだ」

「変なの」

「もう、やらないのか」

秀雄は木の根を指さした。

「やめた。あきちゃった」

「それじゃ、向うへ行こうか」

秀雄は延々と続く土塁の方を顎でしゃくった。

「じゃ、どうして働かないの。おじいちゃんなら特別なの」

陽子は納得しない。秀雄は一瞬考えた。ためらわず答えた。

「もう、たくさん働いたんだ。働きすぎるぐらい働いたんだ」

義父は八年前、電力会社の営業を停年退職した。秀雄が今のスクリーン印刷の工場をやめるまであと二十五年はかかる。

「働きすぎたら、もう朝からビールを飲んでもいいの」

「ある時、おじいちゃんの頭の中の血管が切れた」

秀雄は自分のこめかみを指で突ついた。

「それで、頭の手術を二度もやった。何ヶ月も病院にいたんだ」

「………」

「死ぬかもしれなかったんだ。よく頑張ったよ」

長いリハビリ。家へ帰ってからもそれは続いた。しょっちゅう、二個のクルミを左手で握っていたものだ。しまいには黒光りするほどだった。あれはどこへ行ったろう。そして、左手の痺れが完全になくなった頃、義父はテレビと酒にしか興味を持たなくなった。体力の完全な回復は望めなかった。今ではもう強い酒も受けつけないのだ。

「頭の中にも血管があるの」

「ああ」

陽射しがますます強まった気がした。秀雄は胸の汗をてのひらで拭った。

「ビールを飲んでいるあいだ、おじいちゃんは元気なんだ」

あれほど医者に禁じられても、飲み続けたのだ。今ではすくなくとも秀雄は義父の方を信じていた。

「わかったかい」

陽子が首を振った。髪が揺れた。全然、といった。

「よし、この話はやめにしよう。水を見に行くぞ」

秀雄は立ちあがった。軽いめまいがした。陽子も立ちあがり、もう今の会話を忘れたように歩きはじめた。あぶなっかしい歩き方だった。秀雄は上半身裸のまま、めまいがおさまるのを待った。それからゆっくり後に続いた。今までふたりで、さかんに石をぶつけた木の根の所へ来た。秀雄はそれをちょっとのあいだ見降し、大きくまたいだ。

　昨日、蟬の死骸のように、線路脇に新聞紙をかぶせられて転っていた青年を思いだしてしまった。あの青年は命を取りとめたろうか。すくなくともあの時にはまだ身体は動いていた。ずっと意識の底にあった光景だ。できれば思いだしたくはなかった。しかし、もう遅い。

　昨日の午後、東京駅へむかう電車が急ブレーキをかけてとまった。事故が起きたとアナウンスがあった。何かしら、と光恵は薄々予想している口調でいった。乗客たちはわずかに騒めき、何人かが窓をあけて進行方向を見ていた。誰か飛び込んだか、はねられたかだよ、と秀雄は答えた。そう、やっぱり、と光恵は幾分声を昂らせ、自分も電車の窓をあけた。首を突きだしていた乗客たちが、口々に、ああ、男だ、男だ、といった。陽子は光恵の膝で眠っていた。寝息が聞こえた。二十分は遅れるな、と誰かがいった。秀雄はスクリーン印刷の工場で半日働いたせいで、疲労が身体の底によどんでいるのを感じた。月曜からの一週間分の疲れが、土曜の半日の労働で、いっぺんに表面に吹きでそうだった。静岡の光恵の実家に早く着いて、何もかも忘れて休みたかった。駄目だ、あれは助からない、とまた誰かがいた。いい迷惑だ、とぼやく男もいた。

厭だわ、自殺かしら。

光恵が窓から顔をもどし、陽子の背中をさすりながら、秀雄にいった。さあな、と秀雄はいった。二十分は電車はとまると思っていたのに、七、八分過ぎた頃、発車する、というアナウンスがあった。いや、七、八分と感じたのは錯覚かもしれなかった。今、思えばそうだ。しらずしらず秀雄も昂奮していて、時間を短く感じたのかもしれない。電車はしかし、ひどくのろのろと徐行して進んだ。窓から風が吹き込んできた。風の感触が皮膚を新鮮にさせるようだった。スピードはあがらなかった。

あっ、あれよ。

光恵が秀雄にいった。彼も窓から線路脇を眺めた。駅員がふたり立っており、足元に青年がうつぶせになっていた。右腕が折れ曲っていた。頭から左肩には新聞紙がかぶせられていたが、顔の右半分は光に晒されていた。血はわずかに地面に流れていた。青年は腕や足を必死に動かそうとでもするように、ピクピク痙攣させていた。

まるで晒しものだわ。

光恵が溜息と一緒にいった。まったくだ。彼女のいうとおりだった。のろのろと電車を動かし、乗客という乗客に青年を見せているようなものだった。駅員たちは乗客たちの眼を明らかに意識していた。唇に薄い笑みを浮かべ、時々言葉を交していた。秀雄たちの窓が通過する時、駅員のひとりが横たわっている青年に何か声をかけた。すると青年は頷くように頭を小さく上下させた。生きている、生きている、と乗客の誰かがいった。青年が頭を動かすと、新聞紙が揺れた。駅員がかがんで、新聞紙をかけ直した時、秀雄たちの窓はそこを通過した。新聞の下に覆われた部分がどうなっているかは容易に想像できた。そこだけは駅員も見せたくはないのだ。見たくなかったのかもしれない。

あの青年は何歳ぐらいだろう。ジーンズをはいていた。線路脇に突ったっていたふたりの駅員たちの照れたような薄い笑い。あれは笑いとさえ呼べない。窓々からの多くの乗客たちの視線にむしろ困惑しているようだった。秀雄が駅員でもああだったろう。話しかけられると頷くように頭をかすかに動かした青年。すぐに救急車が来る、とでも駅員はいったのかもしれない。他にどんな言葉があるだろう。揺れる新聞紙。服も血で染ってはいなかった。ねじ曲ったような腕。そして明るい陽射しだ。青年の所を通過する時、光恵は声をのんでじっと注視していた。電車の外の世界は張り詰めた静寂でできているように秀雄は強く感じたものだ。案外、あれは命を失うほどの事故ではなかったかもしれない。左の頭から肩にかけられた新聞紙をもう一度思い浮かべる。たぶん、左の腕はもぎとられたろう。曲った右腕もひどい骨折に違いない。しかし、それだけなら、軽傷のうちかもしれない。電車の事故としてはだ。そして、もし、頭の打ちどころが悪くなければだ。

陽子がどんどん石の土塁に近づいて行く。時々、身体のバランスを崩して転びそうになったりする。肩が激しく上下している。帽子をかぶらせて来るべきだった。光恵も秀雄も気がつかなかった。うかつだ。もし水があったら、真っ先きに頭を濡らしてやろう。秀雄はすこし足を早めた。

陽子が土塁にたどり着いた。高さは二メートルほどだ。ビニールの手提げを置き、また四つん這いになってよじのぼる。疲れを知らない。眠るまで活発に動き回るのだ。陽子の足元で、石が崩れる。それでも休まずに土塁の上までのぼり、それから両手を高々とあげて振返った。逆光線の中で息を弾ませ、眼を見ひらき、早くおいでよ、と秀雄に叫んだ。

「川はあったか」

「ない」

「なんだって」

「全然、ない。降りてもいいかな」

「ああ、いいぞ」

水がないなら安心だ。陽子が奇声を発して土塁の向うへ姿を消した。きゃあきゃあ喚く声が立ちのぼる。陽子の所まで十メートルほどの距離だ。汗がどんどん滲んだ。額からも胸からも背中からも吹きだし、次々流れ落ちた。ひさしぶりの汗だった。俺はまだ三十になったばかりだ、と思った。義父のような日常を送るわけにも、理由がなんであれ、あの青年のようになるわけにもいかない。秀雄は土塁の下にたどり着き、いっきに斜面をのぼった。

のぼりきって見降し、秀雄は息をのんだ。なだらかな斜面だが、五、六メートルの深さがあった。その一番底の狭い溝のようになった場所に陽子が立ち、満面に笑みを浮かべ、秀雄を見あげて手を振っている。陽子が滑り降りた箇所だけ、斜面に細く線のように石の崩れた跡が下まで続いている。作業をしている男たちも機械もない。日曜日だった。あきれ果てた。これほどまでに掘り起こさなければならないのだろうか。それがどこまでも続いているのだ。

「お父さんも降りておいでよ。川より面白いよ」

陽子が口に両手をあてて、身体全体で叫んだ。何の屈託もない。

「駄目だ。上りなさい」

声は深い溝の中で、あちこちぶつかりながら駈け巡るようだ。だって、と陽子が反撥の声をあげる。

「降りていいっていったじゃない」

「いいからあがるんだ」

「嘘つき」

「すぐだ。来なさい」

「わかったわよ。面白いのにな」

陽子が不承不承、斜面を這いあがって来た。よいしょ、よいしょ、と声を出す。何度か砂のように斜面は崩れ、ずるずる陽子の身体も滑り落ちた。そのたびに、身体全体で無邪気に笑いころげる。

「ひとりであがれるか」

「大丈夫」

手をかさないことにした。そのぐらいは陽子にも許されていい。秀雄は斜面にとりついて少しずつのぼってくる娘を、辛抱強く待った。

大雨でも降ったら、ここは水で満たされ、人工的に作った川になってしまうだろう。この深い溝の向う側に、本来の川があるとしたら、その時は流れは二本できる。あたりを見回したが、立ち入り禁止の札は立っていない。だが実質的にそうなっているに違いない。

秀雄は娘がのぼりきるまで、土塁の頂上に腰かけていた。そして、娘と一緒に、よいしょ、よいしょ、とかけ声をかけた。咽が渇ききっていた。こんな時にビールを飲んだらさぞうまいだろう。義父はどうしたか。すでに二、三本飲み終えて、眠ったかもしれない。バスケットボールの試合はもうとっくに終っている。一杯ぐらいつきあってもどうということはなかった。ひさしぶりに会ったのだ。実際、気持良く義父とふたりで、昼間飲んだからといって、それが何だろう。たった今、陽子にも、あんなふうに話したではないか。今頃、そう思うなんて、俺もずいぶん身勝手だ。昼間から酔っぱらうのをあんなに頑くなに嫌って、家を出て来たというのに。光恵にそう話したら、それでいい、というだろう。今でも本当はおじいちゃんにできるだけお酒を飲んでほしくはないのよ、相手がいれば量が増えるでしょう、つきあうのは夜だけでいいわ、とでもいうかもしれない。それにおばあちゃんだってきっとそう考えていると思うわ。

陽子があと一メートルの所に来た。父を見あげる。油断するな、と秀雄はいい、頑張れ、と励ました。陽子は歯を噛みしめている。

義父は何ヶ月病院にいなければならなかっただろうか。一度、見舞いにいった。意識が朦朧とし、かろうじて秀雄だとわかる程度だった。陽子の手がもう頂上に届く。顔も、手も埃りにまみれている。もう少しだ、と秀雄は胸のうちでいった。陽子は声もださない。義父は退院してじきビールを飲みはじめた。酒はこの病気を再発させると医者はいった。義母も光恵も最初のうちは必死でやめさせようとした。秀雄も一緒に飲むのが、はばかられた。けれども、義父は誰がなんといおうと笑ってとりあわなかった。

とうとう陽子が斜面をのぼりきった。深い溜息をついて、それでも誇らし気に秀雄を見る。やったな、と秀雄はいった。降りる時は良かったんだけど、と陽子は息を切らせて喋った。

「咽が渇いたろ。見ているだけでも、お父さんはカラカラだ」

「見ているだけなのに」

「少し休んだら、土手の所の雑貨屋さんでアイスクリームでも買おう」

「うん。でもオレンジ・ジュースのほうがいいよ」

わかった。何でも好きなものを飲んでいい、と秀雄は答えた。河川敷を振返った。それはひどく遠くに見えた。陽子の息切れはなかなかおさまらない。もう川遊びはいいだろ、と秀雄がきくと頷いた。ここのほうが愉しかった、と陽子はいった。秀雄は今さっき歩いて来た川原をぼんやりとした気持で眺めた。

河川敷に戻った。

思っていたとおり、帰りのほうがずいぶん長く感じた。途中、二度休んだ。それでも陽子は休んだあと、跳んだり駈けたりし、秀雄をあきれさせた。彼は帰りも、上半身裸のままだった。ゲート・ボールのコートの所から河川敷にあがった。来る時、ひとりで練習をしていた老人は姿がなかった。もう帰ったのだろう。そう思って河川敷に一本だけ生えている枝も葉も少ない木のほうに視線をやった。すると、帰ったとばかり思った老人がその木の幹にじっと見入っている姿が視界に入った。いっしんに何かを見つめていた。秀雄と陽子は一度、ゲート・ボールのコートを横切って土手のほうに向った。光恵の実家までは歩いて十五分だが、道々またあのころころ転っている身動きもしない蟬を見なければならない、と考えると気が重かった。その数はもっとふえているかもしれない。

「あのおじいさんは何を見ているのかな」

振り返って、老人が身動きもせずに立っている、貧相な木を見た。

「さあ」

大人びた口調で陽子は興味がない、といったふうに答えた。

「ちょっと行ってみようか」

「いやだ。ジュースが飲みたい」

「ほんの少しだ」

陽子を置いて秀雄は勝手に歩きはじめた。陽はわずかに弱まりかけていた。足は重かった。しかしそれは快適な疲労だ。身体の底によどんだまま頑固に残り続けるような疲労ではない。陽子が渋々ついて来た。

木は葉が少なかったが、それでもわずかな影を作っており、麦藁帽子の老人はその下に立っていた。ランニングシャツを着ていて、肩も腕もひからびたように痩せている。秀雄たちが近づいても気づかないほど、熱心に幹を見つめていた。

「何かいるんですか」

老人の背中に声をかけた。老人が首を曲げ、まじまじと秀雄を見、ついでに陽子に視線を落とした。最初、不意に背後から声をかけられて警戒するような眼だったのが、陽子を見て相好が崩れた。なあに蟬だよ、と聞きとりにくい声で老人が答えた。

「はあ」

秀雄は思わず間抜けな声が出た。

「だから蟬だよ」

「なあんだ」

陽子が、がっかりしたような声を出した。

「今、脱皮している最中なんだがね」

「まさか」

秀雄は老人の間近に行き、もう一度、まさか、といった。蟬の脱皮は夜の明けない前にやるものだ。そして朝日を受け、羽が充分に乾いてから飛びたつ。少年の頃、早朝に出かけて、まだ羽の乾ききっていない飛びたつ前の蟬を手づかみで幾らも摑まえた。蟬取りは早朝が一番だった。

「ほら」

老人が顎で木の幹の瘤になった所を示す。本当だった。瘤の陰で死角になっていたのだ。茶色い殻で背中が真っぷたつに割れ、中から艶々した青緑の蟬が、身を反らせている最中だった。

「娘さんかね」

「ええ」

老人は皺で埋った顔で陽子に笑いかけた。陽子はのびあがって、脱皮の最中の蟬を見あげ、本当だ、すごい、といった。

「ああ、すごいね。昼間、こんなものを見るなんて、生れてはじめてだよ」

老人はつぶやくようにいい、もうこいつらの季節は終ったと思っていたのに、とつけ加えた。秀雄もはじめてだった。そのあいだも、蟬はアクロバットのように殻から身を反らし続け、丸い眼だけが茶色で生き生きしていた。殻がなければ何の昆虫かわからないだろう。小つぶの蟬だった。三人は黙った。羽は粘液で濡れて丸まり、ぴったりと身体に張りついている。そして、ゆっくりゆっくり前肢を殻に絡ませ、胴体の部分を抜こうとしかけた。

「落ちる」

陽子が叫んだ。秀雄もそう思った。

しかし蟬は、今、自分の入っていた殻の頭に、しっかりと前肢をかけ、胴体を抜ききった。ふたたび三人は口を噤んだ。心が震えそうだった。暑さも感じなかった。何の音も耳に聞こえない。蟬は途中で身体の動きをとめた。一秒か二秒、じっとしていた。殻から完全に解放され、新しい空気に触れる感触を確かめているようにも見えたし、激しい労働のあと一服しているようにも見えた。丸裸で無防備で、全身で世界を感じとっている。

秀雄はさっき、あの深い石の斜面をひとりでのぼりきった陽子の姿をまざまざと思いだした。すべてが息づいていると感じた。義父は夕方にも飲むだろう。夜なら秀雄に抵抗はなかった。彼は月曜まで休みをもらっていた。明日の午後、帰る。明日の朝も義父は日課のようにビールを飲むはずだ。秀雄にすすめるかどうかはわからない。すすめられたら、その時の気持次第だ。しかし、今日の昼断ったことで、義父はもう夕方でさえ誘いはしないかもしれない。

陽子は口を利かず、生れたての蟬を見続けている。まるでこの世にはないものでも見るようにだ。

「この齢になって、昼間っから蟬が生れるのをはじめて見るなんて……」

老人がまたいった。

「あんたはどうかね」

「はじめてです」

秀雄は答え、齢をたずねようかとした。しかし、蟬から眼を離さず、老人が続けてきいた。

「どこから来たのかね」

「東京です」

「ああ、わしの息子も行っている」

「そうですか」

蟬は青緑の羽を徐々に広げはじめた。それがしっかりとした固い羽になるまで幾時間、かかるのだろう。それとも何十分かだろうか。老人の齢はもうきく必要がなかった。義父とたいして違いあるまい。生れたばかりの蟬は殻から離れ、木の幹にしがみついた。たった今、この世界に着地したのだ。音もなく、そろそろと蟬は幹をのぼりはじめた。線路脇に横たわっていた青年。あの青年はきっと死んではいない。だしぬけに秀雄はそう思った。そう思うことが信じられた。

老人が、幹をのぼって行く蟬を見あげ、何かいった。

「えっ」

秀雄は老人の横顔を見た。

「馬鹿な奴だよ」

「…………」

「もう蟬の季節は終りだ。生れるのが遅すぎる」

「早いんですよ。本当は来年のつもりだったんでしょう」

老人が秀雄を見た。声をあげずに笑った。

「あんたのいうとおりだ」

老人はいった。そして木を離れ、ゲート・ボールのコートに歩きかけて繰返した。

「あんたのいうとおりだよ。来年にすればいいものを。まったく、馬鹿な奴だ」

老人がゲート・ボールのコートに入ってからも、秀雄と陽子は、そろそろと幹をのぼり続ける青緑の蟬を見あげていた。

II

鬼ガ島

　夏のはじまりだった。アパートの階段を軽快な足取りでのぼった。奇妙な歪んだ鳥のような声をだす子供たちの声と、女たちの元気な張りつめた笑い声が、頭上から聞こえてきた。そこで僕の足は不意にとまった。

　立ちすくんだまま耳を傾けた。動悸を打つのを感じた。風でネクタイがあおられ、それを半袖のワイシャツの胸にはさんだ。子供たちがけたたましく叫んだ。女たちが子供たちの名を呼び、また笑い声が混じる。

　しかし、僕には文子の声を聞きわけることができない。

　ひとつ深呼吸をした。それから、のぼりかけた時のようなあの軽やかな足取りではなく、後ろ向きのまま、一歩、一歩、階段を降りた。

　コンクリートの上に立つと、暑さがむっと足元から立ちのぼってきた。入り混じった声は少し遠のいた。今日は夏休みを前にして、文子が勤めている養護学校の生徒と母親を招く日だった。もう帰った頃だろうと見計らって戻ってきたのに失敗だった。そう思うと路上で急に僕は自分に腹をたてそうになった。

もう一度深呼吸をし、階段の上を眺めた。まばゆいばかりの青空と光の渦だ。額の汗を腕で拭った。それから急ぎ足でやって来た道を戻った。どこかで時間を潰すしかなかった。

道は乾いていた。五日前、銭湯の帰りにウィスキーを買った酒屋の前を通った。続いて、白い齢取った大きな犬のいる花屋の前にさしかかった。犬は花をいっぱいに活けた罐のそばに寝そべっていた。酒屋でウィスキーを買った時、文子はついでに花を買ったはずだ。何の花だったろう。忘れた。ここに来るといつも頭を撫でてやるの、おとなしい犬なのよ、と彼女が僕を見あげていったのを覚えている。僕は犬が嫌いだった。それで、おい、早くしろよ、と彼女をせかせた。彼女が立ちあがるのも待たずに、さっさと僕は歩きはじめたものだ。

交番の前で信号待ちをした。青になるまで真っすぐ前を見ていた。乳母車を押した女が隣りに立って、ガーゼを顔の横でぱたぱたさせていた。その後、屈んで乳母車を覗くと、バヴバヴと赤ん坊をあやし、ガーゼで顔を拭いてやった。

青になると僕は、女を赤ん坊を見捨てるみたいな歩き方で、さっさと道を渡った。それから潰れかけたポルノ映画館のある通りに入った。ビリヤード屋がある。青い壁が、ほうぼうはげ落ちた、古いコンクリート建ての、今では残骸になったとしか思えない建物だ。それでも、小さな汚れた営業中のプレートが、ガラス扉にかかっていた。螢光灯もついていない薄暗い店内で、カウンターに老婆が坐っているのが見える。汗みずくの僕の歪んだ姿が映っている。

いつも僕はここを通るたびに老婆がひっそりと息を引き取っているのではないか、いやもうすでにミイラのようにでもなっていて、扉があいて風でも吹きこんだら、そのままバラバラと崩れて、影も形もなくなるのではないか、という気がする。

思いきって僕はガラス扉を押して、中へ入って行った。

「いらっしゃい」

老婆は僕を見て、それからゆっくりとカウンターの前に坐ったまま身体を横に向け、壁のスイッチを押した。

螢光灯がついて、カビ臭い店内が照らしだされた。天井に大きな翼を持った扇風機がついており、ビリヤード台は四台あった。壁も外から見るのと同じように、ところどころはげ落ちていた。白髪をきれいに梳いて黒いゴムでひっつめにした老婆は、扇風機のスイッチも入れた。古い映画のセットの中にでも入ったような気がした。生温かい風を真上から送り込んでくるくすんだ草色のプロペラを眺めた。

「電話を借りたいんです」

老婆は、ああ、ああ、というように残念そうでもなく頷いて、また壁に手を伸ばし、螢光灯と扇風機のスイッチを消してしまった。節約しなければ、といった。

「残念ですが、ビリヤードができないのです」

「昔は繁昌したものだよ。このあたりでは一番の建物だった」

「ええ、外から見ただけでわかります」

風がなくなり、むっとする暑さが襲ってくる店内で、通りからの明りだけになってしまった店内を見回し、お世辞でもなんでもなくそういった。カウンターに置いてあるピンクの公衆電話を手に取った。

「珍しがって写真を撮りに来る人たちもいるのよ。何年か前に雑誌に載ったこともあるわ。嘘じゃないわよ。見せてあげましょうか」

「嘘だなんて思いません」

ダイヤルを回しながら、僕は首を振った。四箇の窓をあけただけではあせもだらけになりそうだ、こんな中に一日坐っているのだろうか。受話器を肩と顎で挟み、いそいでワイシャツの胸ポケットから煙草をくわえ、ライターをつけた。あの頃の若い衆はどこへ行ったのか、と老婆はつぶやいたが、僕は受け答えしなかった。亭主とこのビルを作った時は、この辺では一番見栄えのするビルだった。近くに基地があって、元気のいいＧＩが毎日、ここへ来た。老婆がひとりごとをいい続けているあいだに、電話が繋がった。

しかし相手は無言だった。僕はあわてた。

「俺だよ」

「ああ、あんたなの」

美智子の冷静な声が聞こえた。

「どうかしたの」

「何でもない」

「やめてよ。何でもないのに電話なんかしないで」

「そうだな」

僕は馬鹿みたいな返辞をしてしまった。

「どこから電話をしているの」

「ビリヤード屋」

「気が利いているじゃない」

電話をしたのは失敗だったと気づいて、じゃ、と受話器を置こうとした。美智子がちょっと待って、といった。老婆が薄暗い中で僕に眼を走らせた。通りを見るようなふりをして、僕はカウンターに肘をつけて背を向けた。

「さっき受話器を取ったとき、あたし、黙っていたでしょう。どうしてかわかる」

「いや」

明るい通りを見て首を振った。歩いている男や女たちはこのビリヤード屋には見むきもしなかった。よくよく注意して見なければ、ここがビリヤード屋で営業中だなどとは、なかなか気づかないだろう。老婆が気を利かせて灰皿を出してくれた。煙草をもみ消した。

「あんたが出て行ってから、時々、変な男から電話がかかってくるようになったの。それでね、なんというと思う」

「だいたい察しはつく」

「セックスしないかっていうのよ、その男。厭な声で。それであたし、電話じゃできません、って答えてやるの」

「いい答えだ。悪くない」

「馬鹿。その男のほうが、あんたなんかよりましかもしれないわ」

「そうだな」

「わかっているの」

「勝ちめないわ。あんたと話していると」

「悪いか」

「そんないい方しないでよ。第一、そんなことはいっていないじゃない。悪いとか良いとか、それにあんたとあたしは、元々、籍だって入っていないんだし、犬みたいにくっついただけじゃない。それでいいじゃないの」

美智子の声には投げやりな調子が含まれていなかった。本当にそうだったか、という声を飲みこんだ。

「新しい彼女とはうまくいっているの」

「なんとかね」

「なんとかいっていれば充分じゃない。あたしたちだってそうやってきたわよ」

急いで僕はポケットをまさぐって小銭をカウンターに広げると、三枚だけあった十円玉を電話器に落しこんだ。

「京一、元気か」

「毎日、小学校に通っているわよ。高橋君はどうして帰って来ないのかなって、あんたのことをきくの。それでね、高橋君は今、鬼ガ島で鬼に食べられている最中よって、答えるの。覚えている、その話」

「ああ、覚えている」

「ところが京一はすっかり忘れていて、お母さんって馬鹿だねって真顔でいうのよ。そんなものあると思っているのって」

「野球のほう、まだレギュラーになれないのか」

「時々、ピンチヒッターに出るだけ。くやしがっているわ。高橋君が帰って来たら、野球の練習ができるのにって、いっているわ」

僕は黙った。

「気にしないでよ。こんなことを喋ったからって。あたしたちは自由なんだから」

「上級生になったらきっとなれる、といってくれ」

僕は螢光灯の消してある室内を見た。ぼんやり浮びあがっている四台のビリヤード台。おそらく何日も、あるいは、一ヶ月も二ヶ月も誰ひとり客が、その前で玉を突くことも、拍手もささやかな嘲笑も視線だけで交す会話もなかったに違いない台。それから壁に立てかけてある何本かのキュウ。それらを眺めて、僕はビリヤードを覚えてみたいと一瞬思った。

「京一にだって、あんたのことを別に父親だと思わせたことはないんだから。そうでしょう。京一にとってはあんたは他人で、いつだって高橋君だったのよ」

僕は受話器の向うにいる美智子の顔を思い浮べた。

「給料、半分送ろうか」

「そんな必要ないわ。共同保育の収入でかつかつやって行けるわ」

「何か困ったことがあったらいってくれ」

「そうね」

美智子がいった時、十円玉が切れる前の合図の音がした。彼女がいそいでいった。

「ひとつあるわ。セックスしてくれない」

「電話じゃできない」

けらけらと美智子が笑い声を張りあげた時、電話が切れた。しばらく受話器を耳に押しあてていた。それから、夢から醒めたような気分で、受話器を置いた。さっきカウンターの上に広げた小銭をてのひらに集めた。老婆が古びた雑誌を僕の前にだした。その電話では百円玉は使えなかった。十円玉に両替してもらおうと思って、これを、といいかけた。

「これなのよ、これ。ほら、この建物が写っているでしょう」

彼女は僕のことなど構わずに、雑誌に載っている写真を指さした。通りからだけの明りでは、薄ぼんやりとしていて顔を近づけなければよくわからない。

「これが、おととし死んだお爺さん。あんたたちのような若い人にはわかってもらえないだろうけれど、わたしたちは三十代でこのビリヤード屋をはじめたの。お爺さんが三十六、わたしが四だったわ。並みのことじゃなかったわ」

「いえ、わかるつもりです。僕にも両親がいます」

はっきりとした声でそういって、僕ははじめてその時、美智子に伝える重大なことなど何ひとつないのに気づいた。両替してもらおうと思った百円玉を、ゆっくりズボンのポケットにしまった。カウンターのなかに坐ったまま彼女は僕を見た。それから首を振った。

「わたしは毎朝、二階から降りてきて、ここに一日坐っているだけで楽しいの。そりゃ少し暑いけど」

煙草の煙りにむせびでもするように、僕はせき込みながら笑って頷いた。

「若い人が時々、ふらっと来てくれるのも嬉しいものだけれど、あんたのような人の来る場所じゃないのよ」

彼女は思い出のなかにひたった、優しい声で僕を拒絶した。お子さんはいらっしゃらないのですか、ときこうとして思いとどまった。

「お気に障ったのなら許してください」

かわりにそういった。彼女はまた、そうじゃない、というふうに首を振った。

「電話をありがとうございました」

「あんたのお金でかけたのよ」

「そうでしたね」

自分の母親にするようにして僕は笑った。お元気で、といおうかと思ったが、思いなおした。それじゃ、といって外へ出た。まぶしかった。振返らなかった。カウンターのなかの老婆も見たくなかったし、薄暗いガラス扉に映る自分も見たくなかった。靴が埃にまみれていた。駅のほうへ真っすぐ歩いた。南口まで行く。デパートの前を通り、そのまま真っすぐ歩いて行く。それから長い曲りくねったガードに入る。それから、それから、と僕は道順を考えた。ガードを出る。すると、そこはしゃれた店の続く商店街で、昼間でも人があふれている。彼らとすれ違って歩き、広々としたロータリーのある北口に出る。そのあたりの喫茶店で少し時間を潰すのもいい。映画館にはもぐりこみたくない。それにしても老婆は僕の何を拒んだのだろう。拒んだのではなく、終日自分ひとり電気代も節約して、GIたちの歓声や奇声の響いていた、彼女の全盛だった時代の思い出にひたっていたい、といいたかっただけなのか。自分にはそうやって生きる権利がある、とでもいうように。誰にも邪魔されず、とりわけ僕のような年代のものには。

駅に出た。靴磨きの男が炎天下に坐っていた。近づいて台に左足を乗せた。男が黙って布で埃を拭いた。そのとおりだ。僕は京一の父親ではなかった。いわば僕はこの三年八ヶ月、美智子と同棲して、京一の贋の父親を演じてきたようなものだ。

美智子が離婚して京一を引き取ったのは、五年近く前だ。その頃には美智子は夜、毎日僕のところへ電話をかけてきた。こっちが疲れて眠かろうがお構いなしだった。時々、泣いて僕をてこずらせた。どういっていいのかわからなかった。おまえの亭主が女を作って、それでおまえたちがわかれるというのなら、それはおまえら夫婦だけの問題ではないのか。そう僕はいったことがある。美智子は喚いた。

「あんたあいつの友達だからグルになっているんでしょう」「ふざけるなよ。なんで俺が丸山とグルになる必要がある。女を作ったのは丸山だろ。俺じゃないんだ」「だってあんたのいい方ひどいじゃない」「ひどいのはどっちだよ。いいかげんにしてくれ。ほらだいぶ以前、おまえらが結婚する頃、三人で観に行った古いフランス映画、覚えているか」「何よ。天井桟敷の人々？」「そうじゃなくてほら、ルノワール監督のゲームの規則」「それが何なのよ」「あんなふうにどたばた気ままに、くっついたり、別れたりできないものかね」「馬鹿にしないでよ。映画とごっちゃにしないで」「でも、おまえだって、あれを観た時には三人で笑い転げたじゃないか。それでおまえらはふたりで映画館でいちゃいちゃして。勝手なものだよ。陽気にくっついたんだから、陽気に別れても、いいだろ」「無責任ね」「無責任って、最初からそんなもの俺にないだろ。どうかしているんじゃないのか」「映画のことなんかいうからよ」「他に何をいえばいいんだ。教えてくれたらなんでもいってやるよ」「いいわよ、真面目に考えてもくれないくせに」「あのな、真面目に考えるのは俺じゃなくておまえらだろ。わかったか」

わかったわよ、この馬鹿野郎、とあの時は美智子は捨て台詞をいって電話と切った。

「旦那、右足、お願いしますよ」

頭のてっぺんの薄くなった靴磨きの男が見あげていった。僕はじき二十八で旦那と呼ばれる齢ではなかったが、苦笑して右足を台にのせた。男はすぐ仕事にとりかかった。

僕と丸山は海沿いの田舎町の高校の同級生だった。町中の人間が誰でも知りあいで、どの生活も筒抜けになっている、という何の取得も将来性もない町だ。そこにいるあいだ、僕は町の通りにも店にも、町役場に勤めている両親の規則正しい、これっぽっちの間違いもしでかさない生活にもうんざりして過ごしたものだ。

丸山と一緒に東京へ出て来た時は、急に翼が生えたような気持だった。丸山は経済専門の私大に籍を置いたが、僕はそうしなかった。高校だけで充分だったし、それ以上学校へ行っても、僕が本当に教わりたいものは何もないことはわかっていたからだ。

靴磨きの男は黙々と、僕の靴を磨き続けている。うつむいて、毛穴の浮きでた首筋から大粒の汗をしたたらせて。

勿論、両親は反対だった。とりわけ父はさほど望みのない成績でもないのに大学を志望しなかったことに怒り、わけがわからない、といった。何のためにここまで育てたのかと嘆き、結局、失望したが、僕の若い心は変らなかった。母は、それならば父のコネで町役場に就職してはどうかといった。僕は取りあわなかった。

それでは、大学に行かず、この町で就職もせずにおまえの知りたいことは何なのか、説明してみろ、と父は物わかりのいい、いつもの口調になっていった。ええと、と僕はどう答えたら長いあいだ役所勤めをして生活を支えてきた父に納得してもらえるか、と考えたが言葉がうまくでなかった。三部屋しかない官舎でうつむいてぼそぼそ答えた。

まず自分で食って行きたい、それからたくさんの映画を観たり、酔っ払って友達を作ったり、時々は飲んだくれて道端で寝たり、夜になったらゴミ箱をあさって歩く男とか、本当の喧嘩とか……父でなくてもこんな説明では誰も納得しないと思いながらも、僕は続けた。実際、何を話しているのか自分でもわからなかった。父は沈黙していた。ボクサーの世界とか、キャバレーでボーイをしている男の生活とか、こそ泥か、陽当りの悪いアパートで暮している男とか女とか、要するに、と僕は続けた。父は溜息をついた。要するにおまえは、長男で、父親の期待を踏みにじって、浮浪者になるか、刑務所暮しをするか、そういうくだらない男になりたいというのか。父は怒りをおさえた震え声でいった。気は確かか、十八の男のまともに考えることではないぞ、普通はもっと野心に満ちてこの町を出て行きたがるものだ。

僕は顔をあげて父を正面から見つめた。要するにこの町にはないものを知りたい。すると、父はいきなり僕を殴った。俺の生活を馬鹿にするのか、と父はまだ怒りがおさまらずに怒鳴った。しないが、うんざりだ、と僕は鼻血を手で拭いていった。同じことだ、と父はもう一度殴った。どこにでも行け、と父はいった。ゴミみたいなことをいっぱい知って、ゴミみたいな男になれ、と父は顔をそむけた。

まる九年半がたった。学生時代に美智子と知りあって、その時に丸山が作った息子は小学校の一年生になった。僕はその息子とあしかけ四年、暮した。ビリヤード屋の老婆の言葉を思いだした。三十六でお爺さんはあの店を持った、と彼女は誇らし気だった。その齢になるまで、まだ八年と何ヶ月が必要だった。

足元で靴磨きの男が何かいった。

「え」

「終りましたよ、旦那。二回もいったのに」

「ああ、ちょっと考えごとをしていた」

「いい靴ですね。暑いからボーとしてしまうよね」

代金を払った。靴墨で汚れた指で釣り銭を渡してくれた。

僕は地下道のあるほうへ歩いた。ゆっくり歩くつもりだったのに、自然に足早になった。あの老婆は、これが三年前に死んだお爺さんだと古い雑誌を懐し気に指さしてみせ、あんたのような若い人の来る所ではない、と物柔かく拒んだ。あの写真におさまっていた小柄な老人が死んだ年といったら、僕と美智子が丸山の息子と生活しはじめた頃で、彼女はまだキャバレー勤めをしていたろうか。やめた頃だったろうか。僕は今も勤めている製紙会社に入社したばかりだったはずだ。

以前、古着屋と雑貨屋のあった場所が、さら地になっていた。男たちが何人か空地で測量をしていた。何ヶ月か後、新しいビルでも建つのだ。地下道はそこからすぐだった。首筋を汗が伝って背中に流れ、僕は磨きたての靴で、その地下道に目的があるのだ、とでもいうように胸を張って歩いた。陽光が真っすぐ僕の体を貫ぬいて地面に入って行くようだった。様々なものがいっきに渦を巻いて、僕の身内をキリもみ状態にでもするような気がし、さらに僕は足早になった。父は町役場を停年退職した。今年の春だ。母からの手紙でそれを知った。元気で働いていればそれでいい、と書いてあった。

地下道の入口が見えた。自転車に乗った主婦や子供たちが薄暗がりの中に吸い込まれて行く。あの中に入れば、空気はいくらかひんやりとして、僕の皮膚を包む。まるで僕は大きな魚の胃袋にでも入って行くような気分になるだろう。

＊

部屋に入って行くと文子は台所で食器を洗っていた。彼女は大柄で、振返って僕を見ると唇をゆるませた。眼の大きいのは彼女の顔だちに似あっていた。

「さっき、生徒と母親たちが帰ったばかりよ。今まで、何をしていたの」

「ビリヤード」

嘘をいって僕はネクタイを外した。文子の背後を通り、開け放した窓際に置いてある椅子に坐った。窓から、通りを挟んで真正面にある左翼政党の支部の三階の建物と、それに隣接して建っているアパート群を見た。左翼政党の建物には基地の完全撤去を求める幕と、次にこの地区から選挙に出る男の講演会の看板、それに夜でもこうこうと照らす照明が何機かついていた。たぶん隠しカメラも何箇所か設置されているだろう。

「種なし葡萄があるけど食べる。プラムもあるわ。生徒の母親たちが置いて行ったの」

水の音をたてながら文子がきく。

「葡萄がいいな」

「プラムは」

「嫌いだ」

文子が静かな声で笑ったので、何がおかしい、と僕は左翼政党の建物から眼をそらせていった。

「別に。好き嫌いがはっきりしているのはいいわ」

「食べ物でもかい」

「そうよ。何でもよ。大事なことだわ」

「教師のいう言葉じゃないような気がするな」

冷蔵庫をあけて葡萄を取りだす、文子の曲げた若々しい腰やふくらはぎや、きびきび動く剝きだしの腕を見た。

「わたしは一たす一を教える教師じゃないわ。もっと違うことを教えるの。あるいは教わるのよ、生徒から」

「文子は立派だ」

「皮肉？」

一瞬、文子の腕がとまって、顔だけ横を向けて僕を見、それから葡萄を盛った皿を取りだした。冷蔵庫の扉を閉めてから、どうなの、という顔をしてみせた。

「あなたの学校嫌いは知っているわ。本当にビリヤードをやっていたの」

「ああ、本当だよ」

「どうかしら」

文子は葡萄を洗いに台所へ行った。

「あなたは、ああいう子供たちが嫌いなの。知恵遅れの子や脳性マヒや自閉症の子供たちが」

「そうだな」

少し考えた。正直にいいたい答えだった。

「あまり好きではないな」

彼女のふたつの本箱にびっしりと詰めこまれている児童心理学や心理療法や自閉症の本を眺めながら答えた。

「率直ね」

台所で彼女はいった。

「好き嫌いがはっきりしているのはいいことだろう。それに毛嫌いしているわけじゃない。同情はしない、というぐらいの気持かな」

「それは大事だわ」

彼女が種なし葡萄の小さな実が盛りあがってついている、ふた房をガラスのサラダボールに入れて持って来た。それにもうひとつの空のサラダボールと。テーブルの上に置き、彼女は畳に尻をついた。

「同情してどうにかなる問題ではないわ。健康な人間の場合でも、そういうのってあるでしょう」

文子は水滴のついた葡萄をもいで、てのひらで転がしながら、立膝をした。葡萄の実ののっている右腕の肘を膝に置き、僕を見た。そんな姿勢をみると、僕は強く彼女を感じた。

「もしもよ」

彼女はてのひらの実を全部口に含んでいった。

「くだらない議論ならやめてくれよ」

椅子に坐ったまま僕もサラダボールに手を伸ばして、ひ弱な、しかし冷たい芯を持った実をもいだ。

「聞いて。もしもよ、京一君がわたしの生徒のような子だったら、あなたは三年半、丸山美智子さんと暮した」

「八ヶ月だ」

「そう、三年と八ヶ月」

僕は空のサラダボールに皮を捨てた。あらたに実をむしって口に含んだ。

「どお」

文子は首を振って前髪を払った。少女のようだった。僕や美智子よりふたつ齢下だとはとても思えない。たぶん、と答えた。

「暮したと思う」

「妬けるわ」

果汁で濡れた前歯をのぞかせて、彼女は瞳に光をためた。

「お世辞をいってくれなくていい」

右手で前髪をかきあげ、彼女は声をたてて笑っては、左手で何度もおかしそうに僕の膝を叩いた。

「もうひとつたずねてもいいかしら」

「うまく答えられなくても良ければ」

「もし、あなたに子供ができて、その子がわたしの生徒のようだったら?」

「むずかしいな。僕は女に子供を産ませたことはないし、そうだな、普通に悲しむと思うね」

「それだけ」

「そういう立場にならなければわからない」

今、さっきまでこの部屋に満ちあふれていた声が、ふたたび、こだましあって鼓膜に響くような気がした。僕は黙って、葡萄を食べ続けた。さっき階段の途中で子供たちと母親たちの声を聞いて立ちどまってしまったことや、彼らが帰るまで街をほっつき歩いていたことを黙っていた。ひと房食べ終ると、文子は自分の分も食べてもいいわ、といった。

「わたしはプラムを食べるわ。プラムは嫌いでも、食べるのを見るぶんにはかまわないでしょう」

文子は立って行って冷蔵庫をあけ、プラムを洗うと持って来た。まだ僕は黙っていた。

「プラムのどこが嫌いなの」

「そうやって皮を剝く時が。薄い皮で、剝く時、なんだか金属的な感じがするし、剝かれた実も生々しいだろ」

「おかしな人。そんなことをいう人ははじめてよ。あなたってよくわからない人」

「僕にもだ」

熟れたプラムの皮を爪先で器用に剝いていく手つきを見ながら、僕は軽い気持でいった。誰しもそうではないのか、といいたかった。自分のことが手に取るようにわかる奴がいたら、おめにかかりたかった。

「日曜日に京一君の野球の試合があるんでしょう。見に行かないの」

「行かない。どうせ、ベンチだ。それも二軍の」

「行ってあげれば。喜ぶと思うわ」

「どうかな。悲しむかも知れないじゃないか」

「父親でしょう」

文子が剝いたプラムを口に含んだ。

「高橋君さ。あの子はずっとそう呼んできた」

文子がプラムを口に含んだまま、じっと見つめた。それから前歯で半分嚙んで、濡れた唇を動かしてゆっくりと咀嚼した。

「何かいいたいのか」

「あなたのことをきいているんだわ」

「だから僕は父親じゃない」

「理解できないわ」

「できなくていい」

「わたしはこれでも嫉妬深い女よ」

彼女の熱い首に腕をまわして引き寄せた。暑苦しいわ、と文子が腕の中で抵抗した。腕を離すと、大きすぎて食べがいがない、とプラムの種子をてのひらに吐きだし、残りの実をまた咀嚼した。椅子に坐ったまま、僕は衣服を脱いだ。

「窓をあけたまま」

「ドアもだ。椅子の上で」

「変態だわ」

「構うもんか」

彼女が服を脱ぎ終るまで僕は最後の葡萄を食べた。

「誰に見せるつもり」

「まずあそこの偽善者の左翼政党の連中にだ。隠しカメラででも見ているがいいさ。それからこの辺のアパートに知らない顔で住んでいる警察のスパイにだ」

「御免だわ。窓にむかってマスターベーションでもしてちょうだい」

脱ぎかけた下着を引張りあげて、背を向けると台所のほうへ行ってしまった。

「兄さんと寝た時はどうだった」

彼女は立ちどまった。それから背を反らすようにして大きく首を振った。

「前に話したと思うけど、忘れたの」

「どうだった」

裸の背中を見せたままの文子に追い撃ちをかけた。

「何度でも話してあげるわ」

振返って彼女は僕を睨んだ。

「兄貴の部屋は二階にあって、わたしは一階の両親の寝室の隣りを使っていたのよ。ある晩、受験勉強をしていて、わからないところがあったから、二階の兄貴の部屋へききに行ったの」

「もういい」

「むかむかするわ。二度ときかれないように話してあげるわ。忘れないで。教科書をふたりで覗きこんだ時に、頬が触れたわ。偶然よ。わたしとあなたみたいに。最初はふざけ半分だった。兄貴もそうだったと思うわ。そのうち、それですまなくなって」

「もう、いい」

感情を押し殺して話し続ける文子にもう一度、いった。

「厭よ。やめないわ。きいたのはあなたよ。痛かったわよ。お兄ちゃん、痛い、痛いって泣いたわ。しがみついて泣いたわよ」

文子が叫んだ。ほとんど怒鳴り声に近かった。

「次の夜にも泣いたわ、痛くて。その次の夜も痛くて泣いたわ。でも夜になったら二階に行かないわけにはいかなかったわ。一ヶ月後に母に知られるまで、毎晩、二階へ通ったわ。母が知った時にはもう妊娠していたわ。それがどうだっていうの。あんたなんかに、あなたたちみたいに、じっくり時間をかけて新しい男と女の関係を追求した、御立派な人たちなんかに」

「やめろ」

「命令されるいわれはないわよ。兄貴は今までで一番いい男だったわ。高橋君、どんなによかったか教えてあげましょうか」

僕は素裸のまま立ちあがった。醜い、滑稽な、笑うべき姿だった。縮んだペニスがたれ下っていた。文子がこぶしを作った。腕を震わせて、顔のところにあげて身構えた。

「近寄らないで。殴るわよ。殺すことだってできるわ。両親がどんなふうだったか話さなくてもわかるでしょう」

「わかった。全部話してくれ」

「厭だわ。あなたに話すことは何もないわ。坐って。お願いだから坐って。しばらく黙っていてくれればいいわ」

彼女のいうとおりにした。彼女はまだ睨み続けていた。

「お望みならしてあげるわ。偽善者の左翼と警察のスパイに、わたしたちがどうやってセックスをするか、見せてあげましょう」

文子はふたたび感情を殺した声で、順に足をあげて下着を脱いだ。

「どうしたの、そのペニス。わたしは魅力がなくて。兄貴と寝た女だから、あなたのペニスはそんなふうなわけ」

「違うんだ」

僕は彼女の下腹の陰毛と、大きすぎもしない乳房を正面から見ていった。僕を見すかすような眼差しにたじろぐまいとした。

「もういいわ。話したくないわ」

「違うんだ」

「あなたが何を考えてもいいわ。違っても違わなくてもそんなことは知りたくもないわ。十七の時に、兄さんとそんなふうになって、でも、あなたなんかにとやかくいわれる筋合いはないわ」

僕は何か喋るべきだったし、喋りたいと思ったが、文子の見ひらいた眼と結んだ唇がはっきりそれを拒んでいると知って、ただ黙って彼女を見つめた。文子は椅子に坐っている僕の前までやってきて跪いた。

「いい、やめてくれ」

僕の言葉を無視して、彼女は果汁と唾液で濡れた口でペニスを含んだ。背骨の浮きでている汗で光った彼女の背中を無感動に見降した。彼女はふとももに両手でしがみつくようにして肩を上下させた。

「やめろ」

僕は叫んで、文子を無理やり引き離した。顔が離れた途端に彼女は激しくむせた。急いで葡萄やプラムの皮や、固い殻に覆われた種子の入ったサラダボールを顔に近づけ、吐いた。まるで僕の心を吐かれているような気がした。僕は急いで汗の滲んだ彼女の背中を撫ぜた。文子は声を咽からふりしぼって吐きながら、右腕を背中にねじまげて、僕の腕を払おうとした。僕は撫ぜ続けた。指で唇を拭いながら、むせた苦しさで眼尻に涙を滲ませ、僕を見あげた。

「あなたは人に謝らないわ。何をしても謝らないわ。強い人よ」

彼女が軽蔑をこめていっているのかどうかわからなかったので、そうとは思えないがな、と僕は他人事のように口にして波打つ背中を撫ぜ続けた。まだ彼女は吐き続けている途中で、上半身を前後させながら、跡切れ、跡切れにいった。

「わたしは泣かないのよ。知っていた？」

「喋らないほうがいい」

「ひとりで吐かせて、手をどけてよ」

びくびく波打つ汗まみれの背中から手を離した。

「あなたが謝らない人のように、わたしは……」

立って台所まで行くと、蛇口をひねってタオルを濡らした。背中でまだ文子の吐き続ける音が聞こえた。開け放したドアから風が吹きこんできた。それが僕を少しなだめた。コップに水を汲んで、彼女の前まで行くと、畳に坐った。

「謝るよ。悪かった」

文子が考えるような男ではない、という気持をこめていった。悪臭がたちこめ、サラダボールの中に、彼女の胃の中からあふれでた、まだ完全に消化しきっていない汚物が輝やいて盛りあがっていた。

「何度でも謝る」

最後に透明な胃液を吐きながら、文子はやわらかく首を振った。

「そんな必要はないわ」

「いや、それぐらいならできる」

「でも、そうしたらあなたじゃなくなる」

「なにをいっているんだ。うがいをしろ」

文子は吐瀉物から視線をあげた。ありがとう、と文子はいったのだったか。聞き取れない声で何かいい、水を口に含んで、頬をふくらませ、ゆっくりうがいをした。サラダボールに向って二度それをした。僕は濡れたタオルをだした。今度は、はっきりとありがとうといい、受け取って唇を拭った。

「生徒の母親たちが作ってくれた、コーヒーフロートも、チーズケーキも果物も全部、吐いてしまったわ」

むしろせいせいしたような声で彼女はいった。

「プラムの他に嫌いなものは何かある」

眼尻に滲んだ涙を指で拭って、笑おうとしながらいった。コンニャクが嫌いだ、と僕は彼女の唇に触れた。

「酒を飲みすぎて、こうして吐くだろ。そうすると、あれだけは消化されずに出て来る。それを思うと厭だ」

低い、しかし陽気な声で笑ったので、おかしいか、といってみた。

「ええ、変ってるわ。飲む前からそんなことを考える人は少ないと思うわ」

それから彼女はサラダボールに盛りあがった吐瀉物を指さした。何をいいだすのかと思って、彼女の指さきを見た。

「いい教師じゃないわね。全部吐いたわ」

「日曜日に子供たちを招待してもか」

「学校の方針よ。そうでなくとも」

吐瀉物を捨てに僕は台所に立った。ビニール袋に、こぼれないように注意しながら流し込んだ。悪臭が強く鼻孔を刺激した。彼女が立ちあがる気配がした。部屋を振返ると、窓際のシングルベッドにうつぶせに寝転ぶのが見えた。基地の完全撤去をうたった幕が、左翼政党の支部の建物の壁で、風で波うっていた。ビニール袋を輪ゴムでしっかりとめ、流しに置き、手を洗った。その後でドアを閉めた。うつぶせになって窓のほうを見ている彼女の傍へ行って、ベッドに腰をかけ、レースのカーテンを引いた。

「あけておいてもいいのよ」

坐る場所を広くしてくれるために、文子は窓際へ身体を移した。

「どうかしていた。苛々しっぱなしだった」

テーブルを引き寄せ、煙草に火をつけた。わたしも、といったので、一本渡して火をつけてやった。彼女の本棚を眺めた。一冊だけ裏返しにしてたてかけてある本があった。その本が何か知っていた。それはピルの使用法について詳しく書いてある本で、四週間前、はじめて僕が美智子の所を出て行く決心をしてこの部屋に来た時からあったのを知っている。翌日にはその本は抜きだされて、今の場所に裏返しで立てられていた。それで文子が、大急ぎでその本の必要な箇所を読んだのがわかった。僕は文子のその種の賢明さが好ましかった。

何日目かにピルを飲んでいるのか、と僕はそれとなくきいた。ええ、子供を堕したくないの、と答えたので、僕は笑って、なぜ堕す、産むこともできるはずだろ、ときいた。わたしは堕すの、今まで他の男とでも必ずそうしたの、と文子は素気なくいった。子供は嫌いか。必要ないわ。どっちにしても相手のあることだ、と僕は反論した。でもわたしは違うわ、男と寝るとまず堕胎のほうを考えるのよ、妊娠するかしないかなんてことよりもね。僕は、相手が産もうといってもか、ときいた。そうよ、ときっぱり答えた。どうしてだか、教えてもらえないかな、と僕はきいた。彼女の頑固さが気になったからだ。その時に文子ははじめて兄とのことを話してくれた。僕はどんな顔で耳を傾けていたのだろう。ふん、ふん、頷いていただけかもしれない。文子が最後に喋った言葉は鮮明に覚えている。彼女はいった。兄さんの子供を無理やり両親に堕された時から、そうきめたのよ。どの男の子供も堕すって。強い意志をこめていった。

「さっき、いいかけたことだけれど」

文子は煙を吐いてきりだした。彼女の脇腹と、僕の尻のあいだに灰皿を置いた。

「彼らと同じぐらい、わたしも偽善者よ」

僕は聞いていなかった。ぐずぐずと僕は考えていた。文子が産みたかったのはたぶん、彼女の兄の子供だけなのではないか、と。

「聞いているの」

「ああ。ところで、文子の兄さんに会ったら、どういって挨拶したらいい」

「まだ、そんなことを考えているの。会わないから平気よ」

彼女が手を伸ばして僕の背中に触れた。動かずに一箇所にとまっていた。

「両親が許さないわ。兄もそうだと思うけれど、わたしもそのつもりよ」

僕はベッドに横になった。

「ピルはやめたらどうだ。身体にあわないんじゃないか」

「少し気持悪くなるだけよ。次の日曜日、やっぱり京一君の野球の応援に行ったら」

「行かないといっただろう。高橋君はやめたんだ。少し眠りたい」

「わたしも。この仕事は肉体労働よ。わたしの生徒も大人になれば、皆んな立派な男と女になるわ。今日来た男の子なんてもう一人前よ」

彼女のいった意味がわかったので、陽を吸ったベッドに横顔を押しつけて彼女を見た。

「男と女になるの。避けられないわ。マスターベーションで処理できる子はいいほうよ」

「少し眠ろう」

僕はいって、顔を反対に向けて眼を見ひらいていた。口ではいったものの眠れそうになかった。じっとしていた。安楽死を待つ馬のような気がした。しばらく文子は寝返りを打ち、もっと何か話しかけたそうだったが、僕は身じろぎもしなかった。

「もう眠ったの」

あいかわらず身じろぎもせず、ドアと台所を眼が痛くなるほど見ていた。文子が窓のほうに向きを変え、じき、規則正しい寝息が聞こえてきた。

＊

いつの間にか、僕も眠った。跡切れ、跡切れに夢を見た。京一が金属バットを肩に抱えて自転車に乗っていた。並んで僕も自転車に乗って困惑していた。野原の向うにスーパー・マーケットが建っていて、僕らはそこに買物に行く途中だった。野原は四方が三メートルほどの堀で囲まれ、橋はない。男がひとり近づいて来て、「何をしているんですか、跳べばいいんですよ」といった。半信半疑で僕は自転車を走らせた。ふわりと身体が浮き、堀を跳び越えることができた。「さあ、京一、おまえも跳べ」と僕は振返った。京一が金属バットを自転車のバスケットに入れ、堀を跳んだ。すると、ふわりと浮いた自転車がちょうど中央で真っすぐ、すとん、と堀へ落ちてしまった。「あっ」と叫んで僕は自転車を乗りすてて堀へ近づくと、さっきの男が、「平気です。浮んで来ますよ」といった。堀へ跳び込もうとする僕に、男は手で制した。「まあ見ていてごらんなさい」と彼はいった。青緑の水の中で京一がもがいていた。人々が近づいてきて、その中に丸山がいた。「丸山」と僕は助けを求める気持でいった。「元気そうだな」と丸山はいい、「京一ならすぐ浮んで来るぞ」といった。「そんな」と叫んだ時、青緑の藻で全身を覆われた京一が、ゴムマリのように真っすぐ、浮いてそのまま野原に跳び降りた。「大丈夫か」と一瞬、間を置いて京一に近づくと、さっきの男が、「いったとおりでしょう。はじめまして、僕は文子の兄です。妹が世話になっています」とにこにこ笑った。

そこで僕は眼が醒めた。どうしたの、ずいぶんうなされていたわよ、と隣で文子が声をかけてきた。頭がくらくらした。厭な夢を見た、と僕はいい、胸にいっぱい汗が滲んでいた。ベッドから起きあがって、台所へ行った。

「どんな夢」

「たいした夢じゃない」

流し台には、さっき文子が吐きだした吐瀉物を詰めこんだ、ビニール袋が片隅に置いてあった。それを見ていると、十八の時から僕が何を考え、何をし、何を望んだのか、不思議な、むしろ陽気な輝きのような混乱がゆっくりと襲ってきた。それはどこか見知らぬ場所へ僕を突き動かしそうだった。蛇口をひねり、水の束の下に夢のなごりが残っている頭を突っこんだ。自分でわかるはずもないのに、父に理解して貰おうと思うこと自体、間違いだ。水が髪から頬や顎を濡らした。

時々、思いだしたように僕は手紙こそ出していたが、故郷へは一度も帰っていない。丸山も大学の休暇以外はそうなはずだ。

そういえば、ビリヤード屋の電話で美智子が話したのは、丸山と彼女が離婚する直前に、僕に話した言葉だった。京一が、と美智子は最初、さも愉快そうにいったものだ。お父さんは鬼ガ島に鬼退治に行っちゃったの？　って京一がきくのよ。その本を読んでやったばかりなのよ。だからね、あたしいったの、そうよ、お父さんは女の青鬼にむしゃむしゃ食べられちゃったのよって。

僕は何と答えたのだろう。もう十年も昔のような気がする。顔を曲げ、水を口に含む。うがいをして吐きだす。そうか、それはいいや、とでも気楽にあいづちを打ったのかもしれない。そんなところだろう。ふたたび水を口に含む。吐きだす。あいつはこの街で食われたのさ、あいつらしいよ。でも俺たちだって同じようなものかもしれない。この街全体がその島かもしれないのだから。

本当のことをいったら、どんな声で何を喋ったのかも忘れた。蛇口をしめる。乾いたタオルで顔を拭き、ついで髪を念入りに拭く。しかし、これは覚えている。僕はあの時、こういったのだ。そんなことより次の日曜日、サーカスへ行かないか。会社に出入りしている保険会社の勧誘員に招待券を二枚貰った。こういう時は笑うのが一番さ。

「まだ少し眠るわ。胃がむかつくの」

「大丈夫か。何かおかしなものでも食べたんじゃないのか」

「そんな覚え、ないわ」

シングルベッドの上で、レースのカーテンから洩れる光のなかに浮びあがっているように見える、うつぶせになった文子の裸を見た。

「寝ていれば大丈夫だと思うわ」

文子の元へ戻り、身繕いして、僕は彼女の吐瀉物を他のゴミと一緒に捨てに行くことにした。文子が薄眼をあけて僕を見た。休んでいろ、というように僕は頷いた。吐瀉物のビニール袋を紙袋に入れ、ドアをあけた。彼女のサンダルで階段を降り、自動車の塗装工場近くのゴミ収集場に捨てた。

サーカスへ行った晩、丸山不在の彼らの部屋に泊った。彼らが結婚した時からしばしば出入りしていた部屋だった。線路脇にあった。僕と美智子はその夜、あっさりと寝た。僕が柔かく潤った美智子の中に入って行くと、丸山に紹介された時から、こうなることを望んでいたような気さえした。

それから僕らはひとつの蒲団で抱きあって寝て、今、ここに丸山が戻ってきたら、奴驚くだろうな、といいあって膚を震わせて笑った。どうもなるもんですか、自由よ、あたしは、と美智子はその後で吐き捨てるようにいった。僕はもしかしたら美智子は、ある種の復讐じみた意味をこめて、僕を拒まなかったのではないかと考え、豆電球だけの明りのなかで彼女の表情を確かめようと思ったものだ。

アパートの階段をのぼり、部屋へ入った。文子はうつぶせのまま眠っていた。僕は椅子を台所へ持って行って、フリーザーから氷を出し、水を入れてちびちび飲んだ。メアリー・クラークの新しいミステリー小説を読もうかと思ったが、十頁と続かなかった。

あの朝のことを思いだす。明け方まで美智子と僕は、そのままぬかるみにはまったように眠った。腹を空かせた京一が、抱きあって眠っている裸の僕らを起した時は愉快だった。お腹がペコペコだよ、と京一は母親を揺すっていい、美智子は剝きだしの腕で何度も顔をこすり、眠い、眠い、といった。どうして高橋君がいるの、と京一は僕と母親を交互に見て、奇妙な顔をした。どうしてかな、と僕は声にだして笑うと、彼のさらさらした髪を撫ぜてやった。大きくなったら何になる、ときいた。野球の選手と三歳半の京一はいった。なれるぞ、と僕はいった。高橋君のこと、好き、と美智子はいった。好きだけど、お腹空いた、と京一は答えた。

冷蔵庫はあけれるわね、パンが買ってあるわ、牛乳と、それですませてちょうだい、と美智子は僕の裸の胸に顔を押しつけて指示した。熱い息が皮膚をくすぐったくさせた。高橋君も食べる、と京一はきいた。ああ、貰うよ。僕もお腹がペコペコだ、と答えた。薄いブルーの縦縞のパジャマ姿で京一は冷蔵庫に走った。ぶかぶかじゃないか、と僕は吹きだした。小学生用のを貰ったのよ、先月からキャバレー勤めをするようになったでしょう、そこの同僚に貰ったの、あたしが働きだしたら、あの子、たいていのことは自分で始末するようになったわ。

京一はコップを三個持って来て、蒲団にくるまっている僕らを眺めながら牛乳を注いだ。それからパンにバターを塗り、ジャムも塗るか、と僕にきいた。大人びた調子でおかしかった。頼むよ、と僕は頷いた。お母さんはジャムは嫌いなんだよね、と京一。そうよ、と答えてから、どうする？　と僕の眼を見た。うん、と僕は少し考えて頷き、それが答えになるかどうかわからないままに、キャバレーの仕事はやめろよ、といった。いいわ、でも他の仕事を捜すわよ、もう男に従属するのは厭なのよ、と美智子は答えた。ああ、いいよ、俺は、と僕はパンにジャムを塗る京一の手つきを見つめた。

京一、高橋君とお母さん、一緒に暮すよ。美智子は馬鹿みたいに単純な声を作って叫んだ。うん、いいよ、と京一はパンから顔をあげた。暮すって、どういうことかわかっているのか、ときいてみた。ううん、とあどけなく京一は首を振った。お父さんが帰って来たら四人で暮すの、と続けて京一はきいた。だってお父さんは鬼ガ島へ行っちゃったんでしょう、と美智子は逆にたずねた。四人で暮したらにぎやかだな、と僕は牛乳を飲んだ。ドッジボールができるよ、パンできた、と京一はいった。

僕はパンツひとつの恰好で、美智子は素裸の上にパジャマをはおって、三人でパンを食べた。高橋君はお母さんが好きなの、とバターとジャムで唇をよごして京一はきいた。そうだな、だから一緒に寝るんだ、と僕は大人相手のように答えた。これを食べたら、お母さんたちもうひと眠りしたいわ、と美智子はテーブルに両肘をついて、牛乳を飲んだ。いいよ、高橋君が好きなら、と京一は旺盛にパンを口に運びながらいった。とても夕べ息子を時々気にして声を押し殺した女には見えなかった。

あの時の京一の答はなかなか傑作だった。もし、丸山が帰って来て、四人で暮すことになったら、ドッジボールができる、というのはいい思いつきだ。その光景を思い浮べてみる。悪くないではないか。

それにしてもさっき見たあの夢はなんだ、美智子はでて来なかった。僕ひとりであがいているとでもいうのか。青緑の藻に全身まみれ、ゴムマリのようにポンと浮んできた京一。それに丸山とあの男だ。実際僕ひとりが、ドン・キホーテのようにあがいているとでもいうのか。

気を取り直して、もう一杯、氷入りの水を飲み、メアリー・クラークを読みはじめた。新作だったが、前に読んだのと同じドキュメンタリータッチの手法だったので、気がすすまなかった。それでも僕は日曜日の午後、何もすることのない男のように、実際そうだったが、読み続けた。

「何を飲んでいるの」

窓際のベッドから文子が声をかけてきた。

「水。ただの水。氷入りの」

文子が起きて来た。白いTシャツと赤い短パンを物憂そうにはいて、ベッドを降りると僕の所まで来た。

「何時頃？」

「そろそろ三時半だ」

「ビールがあるのに」

「水もうまいよ」

「それじゃ、わたしも、それにするわ」

フリーザーから氷を取り出す音をたてながら、さっき、あなたが見た夢だけど、といった。コップを片手に隣へ来て、本を覗きこみながら、氷をコップの中に落した。

「どんな夢だったの」

「それより、身体の具合はどうだ。吐き気はしないか」

「ええ、大丈夫。眠ったらね。ちょっと夏バテ気味なんだと思うわ」

「文子の生徒はマスターベーションをどうやって処理するのかな」

「何よ急に。面白半分できいているの」

彼女はコップに水を注ぎ、氷をかきまぜるようにそれを回した。

「どうとってもいいよ」

するとと文子は、斜めから僕を見るような恰好で、流し台に背を押しつけてひと口飲んだ。

「ペニスを股に挟んでこすりあわせる子がほとんどのようよ。でも、健康な人間と結婚して、子供を作って、立派に家庭生活を営んでいる重度の障害者もいるわ。まさか、そんな夢を見たわけではないでしょう」

「いや、違う」

僕は本をたたんで床に置いた。

「それじゃ、どんな夢を見たの。正直者にはなりたくないわけなの」

ふざけるような口調で彼女はいった。

「文子のようにはなれそうもない」

僕も軽口のつもりでいったが、彼女はそうはとらなかった。

「あなたが考えるような女じゃないわ。学校？　教師？　本当かしら。それより施設とでも呼んだほうがいいかもしれなくてよ。きれいごとを並べて、隔離して、献身と道徳と嘘とリノリュウム張りの廊下と、まだまだあるわ、愛情と犠牲と同情と。あなたに何がわかるというの」

「わかった。どんな夢だったか話すよ。聞きたければね」

四角く囲まれた堀と自転車で飛び越す僕と京一、落下する京一、集って来る見物人、ああ大丈夫、すぐ浮んできます、という無責任な男の声、そしてそのとおりだったこと、青緑の藻に覆われゴムマリのように水中から跳びあがってきた京一。

「ゴムマリのように」

文子はコップを額にあて、わずかに微笑みをとりもどした。

「大丈夫だ、すぐに浮んで来る、といった男は、誰だったと思う」

いうべきかどうしようかと迷いながら僕は口にしてしまった。

「さあ」

「きみの兄さんだと名のったよ。妹が世話になっている、といった」

「そうなの」

文子は冷静を装っていうと、背中を向けて流し台へ向いた。僕は彼女の震える肩から腕を見ていた。

「あなたはいつもきっと考えているんだわ。わたしと兄がどんなふうにはじまって、どんなふうに愛撫して、どんな声をだしたか。回数は何回で体位はどんなふうで。そうでしょう」

「そうだ」

正直に、力を声にこめて答えた。

「わたしも考えているわ。あなたはただ、疲れきって夜、十時になったら、ぐうぐう寝てしまうだけの女だと思っていた？」

「いや」

「嘘はいわないで。よくもわたしの生徒のことなんかきいたわね。腹の中では全然、他のことを考えていたくせに」

彼女は煙草をくわえ、昂奮した手でマッチをすった。それから部屋へ入り、ベッドにあがった。両膝を立てて、文子は僕を見た。

「文子のいうとおりだ」

僕が口をひらくと、彼女は煙草を唇から離して、じっと僕を見た。

「これまで文子の周りにいた男たちの中に、文子の兄さんが含まれていなければ、こんな顔つきをしなくてすみそうな気がする」

「御深刻な顔つきを。わたしにいわせれば、あなたも普通の男と同じだわ」

それで充分だ、と僕は答えた。空になったコップを流しに置いた。今まで何人の男がまとわりついたか、僕の口からたずねたことはなかった。兄の話を最初にされた時、実際、はじめて僕は嫉妬した。普通の、ありきたりの、単純な男だといわれても構わなかった。それは奇妙にねじくれて、裂けめがあれば、そこから堰きとめておいた河の水のように、とめどなくあふれそうな感情だった。蒸し返すべきではなかったのだ。今日は日曜日ではないか。ふたりで愉快に半日を過ごしていい日だった。僕は自分ですすんで迷路に入って行きたがる男のような気がした。

「わたしも、美智子さんとあなたの過ごした年月を考えるわ。今だって彼女は丸山美智子さんで、あなたは高橋君。そうなんでしょう。前の籍も抜かず、あなたの籍にも入れず、新しい関係を三年八ヶ月、模索してきたってわけなんだわ。お互いに独立した人間として？　でも、そんなものは幻だわ。わたしを見ればわかるでしょう。兄弟でも、男と女よ。わたしの生徒もね」

いっきに喋って彼女は言葉を句切った。

「たぶん、結婚をして、子供もいて、普通の家庭を持った男と、こうしているほうがわたしは楽だと思うわね」

「もういい。そっちへ行っていいか」

「断わる理由はないわ」

僕はベッドへ行って彼女と並んで腰かけた。風はやんでいた。

「買物に行く必要がある。下着が足りない」

美智子のことは何もいわないつもりだった。言葉は他人にとってはいいわけにすぎないこと、自分にとってさえそうだということを僕はよく知っているつもりだった。

「いいすぎたわ」

「いいんだ。腹は空かないか」

「それが、あまり空腹感がないのよ」

「何か食べなくちゃ」

「はじめて会った時のこと覚えている？　どうして手伝ってくれたの」

「車椅子が舗道になかなかあがらなくて、文子が大変そうだったからだよ。単純な理由だ。それに僕も急いでいる途中なら、わざわざ手伝いはしなかったろう。なんだか、きみに拒まれそうな気もしたけれどもね」

「あの時はありがたかったわよ」

少し僕は沈黙した。それから思いきっていった。

「ピルはやめろよ。今日から」

「どうして」

「いいからやめろよ。真面目だ」

「いいわ。ただし、あなたの子供ができたら堕すわよ」

「できたらの話だ」

「もう少し後で、下着と食料を買いに行きましょう」

夕暮れが間近かに迫った頃、僕らは下着と食料を買いに外へでた。駅近くのその時刻のマーケットはひどく混雑していた。文子はそういった混雑が好きな性格で、家の中にいる時とは別人のように陽気で、浮き浮きと主婦たちのあいだを泳ぐように歩きまわった。品物をよく選び、無駄に買わないようにしているのがわかる。好ましい女だとそういう文子を見ると思う。夏が終ると僕は二十八になる。一日の仕事を終え、帰宅し、子供たちの笑い声や泣き声のなかで食事をしてもいい齢だった。父がそうだったように。

マーケットをでて、帰り道、ビリヤード屋の前に出た。夕暮れがすぐそこにひそんでいる時刻なのに、相変らずなかは暗かった。あの老婆は、一日、カウンターに坐って、過去の夢を見、二階の住居へあがって行ったのかもしれない。通りすぎてから僕は振返った。営業中のプレートがでていた。文子はその建物が何なのか気づかずに数歩先を歩いて、それから立ちどまった。

「どうしたの」

「ちょっと、美智子に電話をする」

思いつきを口にしただけだった。食料と下着類の入ったふたつの紙袋を左手で持ち、ポケットをまさぐった。何人も僕らのそばを通りすぎた。十円玉が四個あった。文子が近づいてきて、わたしも持っているわ、とサイフから十円玉を三個だした。

「紙袋持つわ」

「大丈夫だ」

腕の中で弾ませて整えた。

「外で待っていましょうか」

「いや、入れよ。紹介したい人がいる」

文子は、一瞬、戸惑ったような不思議そうな顔をして建物を見た。

「ああ、ここがそうなの。昼間、あなたがビリヤードで時間を潰したのは。嘘だとばかり思っていたわ」

「来いよ」

文子の腕を引張って扉の前まで行き、肩でドアを押し中へ入って行った。

「いらっしゃい」

カウンターの中で老婆は昼間と全く変らない声をだし、彼女の後ろにある螢光灯のスイッチを入れようとした。

「そのままで。電話を借りたいだけです」

老婆が暗がりの濃くなった室内でじっとこっちを見た。それから頷いた。

「ああ、昼間の若い人？」

それから彼女は僕の後ろで、物珍しそうにあちこち見まわしている文子を見た。

「おやおや、御夫婦でいらしたのなら、こんな暗がりの中に待たせておくわけには行かないわね」

彼女は元に戻した身体の向きを変えて、螢光灯のスイッチを入れた。四つのビリヤード台が、八本の螢光灯で照らしだされた。

「ありがとう」

僕がいうと老婆は笑って手を振った。

「奥さんのためよ」

幾本もの皺で刻まれた顔をたるませ、歯の欠けた口をひらいて、彼女は穏やかに齢を取り続けてきた老婆特有の笑顔になった。

「こんにちは」

文子は、奥さん、という言葉にも照れずに若い女らしくにこやかに挨拶した。

カウンターに紙袋を置き、十円玉を取りだすと受話器を取った。ここはよく通る道なのですが、こんなお店のあることは知りませんでした、と文子が話していた。美智子に話すことは何もない。洋服や靴やネクタイなどの仕事に必要なものはすべて文子の所へ運んであった。僕の給料の仕送りは必要がないといったし、それは彼女の考えでは当然であった。ただ僕は文子にこの老婆の存在を教えたいためにだけ入った。ダイヤルを回した。

「そうでしょうとも、気づく人はなかなかいませんよ」

「ごめんなさい。失礼なことを申しあげましたわ」

「いいのよ。若い人はそれでいいの」

老婆は穏やかな、好意的な声をだし、それから、暑いから扇風機もまわしましょう、といってスイッチを入れた。生温かい風が天井から降りてきた。

「まあ、素晴しい。映画でしか、天井についているこんな扇風機を見たことはないわ」

文子は眼を輝かせて、大きなプロペラが回転している天井を僕にも示した。ああ、といって僕が頷いた時、受話器の向うで京一がでた。ウィリアム・ホールデンの映画にでもできそうでしょう、と老婆はいった。

「丸山です。どちらさまですか」

「やあ、元気か、京ちゃん。高橋君だよ」

僕はこのやりとりをわれながらひどく稚拙なコントでもやっているような気がした。電話がつながると文子はそれとなく僕から離れ、ビリヤード屋さんなんてはじめてです、少しお店を見させていただいていいかしら、と老婆にいった。どうぞ、どうぞ、お好きなだけ、と老婆は答えていた。

「高橋君。どこへ行っちゃったの」

「お母さんは」

「いないよ。共同保育の会議に出かけているよ」

丸山似の睫毛の長い瞳が見えそうだった。

「共同保育ってわかるかい」

「ううん、わからない」

「高橋君もだ」

僕はただそれが既成の行政に頼らず、わざわざ出資金までだしあって、子供たちをただ自分たちの手で自主管理するという程度のことしかわからなかったし、それではおそらく、何もわかったことにはならないのだろう。それが格別新しいことだとも、つまらないことだとも、僕は思わなかった。

「さっき、フサエが来たよ」

「またビールを飲んで運転してきたんだろ」

自然に僕はくすくす笑いがこみあげてきた。

「怪物フサエだもん。家でさ、またお母さんとビールを飲んで、それでフサエの運転する車で、そろって公民館に出かけたよ。それでさ、何とかいう映画、ドイツのなんだって、その映画を観たい会、とかいうのも作るんだって。オンナが問題なんだって。フサエと一生懸命話していたよ」

「お母さんらしいよ」

「うん、そう思うけど、そんなのどうでもいいよ、高橋君、一緒にキャッチボールをやりたいな。高橋君がいなくなってから、練習相手がいないんだもん。それに花札。お母さん、花札、弱いんだよね。知ってるでしょう。時々でいいから来てくれないかな」

昼間見た夢のことを思いだしていた。

「ああ。そうだな、考えておくよ。今度の日曜日、野球の試合だろ。二軍で出場でき

「そうか」

「まだ一年生だし……」

「二軍の練習試合もやるんだろ」

「うん」

沈んだ声をだした。

「いっぱい走るんだ。それからいっぱい練習をする。そうすればきっとうまくなる」

「試合に出場できるようになったら応援しに来てくれる」

「行く」

「お母さんに何か伝えておくことある」

「何もないよ。またかける」

静かに、なぜか安堵の気持で、僕は受話器を置いた。気にかかっていた夢の秘密がこれでひとつ消失したような気がした。元気のいい京一の声がまだ鼓膜に残っていた。それから、彼が、丸山京一で高橋京一でないことを思った。その年月も僕は思った。今となっては思っても仕方のないことを僕は思った。

　店のなかをゆっくりと歩いて、電話が終るまで見学している文子の所へ、天井の古風な扇風機から吹き降りて来る生温かい風の下を通って行った。彼女は奥から二台目のビリヤード台の前に立っていた。

「いなかったの」

「ああ、共同保育の会議に出かけたそうだ。フサエって女が来て、ビールを飲んで車ででかけたそうだ」

「無茶ね」

「そういうのが、彼女らのやり方なんだ」

「きっと何にでも積極的な女性なのね。わたしとは大違いだわ」

「離婚してからはね」

「あなたは？」

「僕は美智子が好きだっただけだ」

ビリヤード台に手をついて、答えた。台の縁はよく磨かれ、向うの隅に三角形に置かれた様々な色のボールも同様だった。

「だから高橋君で良かったわけ。京一君に対しても」

「そうさ。考えてみれば気楽な時間だったよ」

「なんだかよくわからないわ」

「僕もだ」

「本人がおっしゃるんじゃ、仕方がないわね」

わざと文子がそんないい方をしたので、おっしゃるとおり、と僕も彼女の言葉を使って答えた。そして、続けた。

「僕にとってナンセンスでも、彼女にとっては意味がある。誰がなんといっても三年八ヶ月さ」

「結構なことだわ」

彼女は台を離れ、キュウの立てかけてある壁を眺めながらゆっくり歩きはじめた。

「今日は少し変だぞ。疲れているんじゃないか」

僕は文子の言葉に、小さな目立たない棘が含まれているのに気がついた。

「あなたのせいかもね」

「誰のせいでもあるもんか」

カウンターの中に坐っている老婆の所へ行った。文子も後からついてきて、どうも、と老婆に笑いかけた。螢光灯を僕らのためにわざわざつけてくれたことと、扇風機について僕は礼をいった。

「あなたもビリヤードを覚えなさいな」

老婆はにこにこして僕を見た。

「ええ、覚えたくなりましたよ。ここにいたら。昔、父に連れて行ってもらった映画で、ディズニーの短篇マンガがありましてね。それがドナルド・ダックがビリヤードを教授するという内容でしたが、鮮明に覚えていますよ」

「ドナルド・ダックの話じゃありませんよ。ビリヤードは集中力と決断力とここよ」

老婆は頭を突ついてみせた。

「この壁の写真、誰かわかる」

老婆は背後の壁にピンナップしてある古ぼけた写真を指さした。カウンターから伸びあがって僕はそれを見た。

「ポール・ニューマンですね。若いな」

「そう、ハスラーって映画のね。二十年も前のよ。ビリヤードはいいものよ」

「それじゃ、明日から仕事の帰りにでも、毎日ここで、教えていただこうかな」

半ば本気でいってみた。

「残念だけど、ここじゃ教えられないわ」

「どうしてです。おできにならないんですか」

「四ツ玉なら、こんなお婆さんでも教えることぐらいできるわよ」

文子は口だしせずに、僕らの会話に耳を傾けていた。早く通りへ出たいそぶりも見せず、しきりに爪と爪をこすりあわせていた。

「それじゃ、どうしてです」

「一週間後にはきれいさっぱりこの建物はなくなってしまうの」

「まあ」と文子がいった。

「古い物が姿を消すのは、物の順序よ」

「そんな、勿体ないわ」

「いいのよ、奥さん。死んだお爺さんには悪いけれど、わたしはもう充分、ここで愉しんだし、もういいでしょう」

店の中をもう一度、僕は見まわした。そして、きいた。

「新しい建物は何になるんですか」

「いずれ、このあたり一帯は場外馬券売り場になるらしいわ。住民や、それにほらここは基地で栄えてきた町だから、左翼の強いところでしょう。彼らは反対しているようだけど」

「ここでなければ覚える気がしないな」

「優しい人ね。奥さんにもきっとそうでしょう」

老婆は文子にいった。

「ええ、それはもう」

文子は僕の妻になりきったような声でいった。

「今はいい時代だわね」

老婆はポール・ニューマンのハスラーの写真を見あげていった。僕はきいた。

「そうでしょうか」

「わたしは京都生まれでしてね。戦争中に、北海道に渡って、そこで復員してきたお爺さんと知りあったのよ。眼先きの利く、腕っこきの男で、最初はヤミのアズキとサッカリンで儲けて、それからこっちへ出て来て、ヒロポンで大儲けしたわ。やばい商売よ。とにかく、はしっこい、ぬけめのない人で、金を作ったらさっさとそんなものから足を洗って、この建物を作ったのよ。そういえば、北海道からこっちへ来る途中で、茨城の復員仲間からヤミの煙草を大量に仕入れてね。東京で売ったけど、あれはいいお金になったわ。それを何十回と繰返したからもう数えきれないほどだわ」

老婆はうっとりしていた。ここには基地があるから、米軍物資の横流しには手をつけなかったのか、とたずねたい気がしたが、うっとりした老婆を見ていると、どうでもいいような気になった。

「それでも今はいい時代でしょうか」

文子が代りにいった。

「そりゃ、そうよ。あなたたちを見ればそう思うわ。毎朝、二階から降りてきて、一日、ここに坐っているのも愉しいけれど、ひとりじゃそれも疲れてくるわ」

「ここが姿を消すなんて残念ですよ」

僕はいい、カウンターに置いてある紙袋を抱えた。

「あなたはここにそんなものができるのは反対？」

「いいえ、賛成です。競馬は好きですから」

老婆は歯の欠けた唇をひらいて笑い、立って僕の腕を叩いた。

「やりたいことをやるのが一番。そう思うでしょう」

「思います。それじゃ、これで失礼します」

「一週間のうちにまた来ますわ」

文子はいった。僕らは夕暮れが満ちて、暗い空気が穏やかにひたしている通りに出た。少し歩いて振返るとまだビリヤード屋には電気がついていた。信号まで行って、もう一度、振返った。真暗だった。

「電気を消してカウンターに坐っているのかしら」

「どうかな。もう二階へ行ったんじゃないかな」

いって、僕は信号が青に変わるのを待った。

＊

スーパー・マーケットで買った、灰色とあわいブルーの二種類のボクサー・パンツのうち、灰色のほうにはきかえた。新品でさらさらしていて気持良かった。

左翼政党の支部の建物にはすでに、何機かの照明が強い光を放って、建物の前の道を照らし、階段をのぼり降りする若い男の姿が二、三人見えた。僕は窓に坐って、スーパーで買ってきた三五〇ミリリットルの罐ビールを飲みながら彼らを見ていた。時々、眼があった。階段を下って来る時は、彼らは通りに鋭い注意を払っていた。

文子の作った夕食を食べ終ると、彼女は明日、職員会議に提出しなければならないレポートの続きを作成するのに、ベッド脇のテーブルに坐った。夏休み後のカリキュラムの作成だ、と話してくれた。経験カリキュラムよ、といい、夏休みはまだはじまっていないではないか、と僕はきいた。

「時間をかけて何度も何度も討論をつみ重ねて行くの」

文子は答えると熱心に、レポート作りをはじめた。

たくさんの資料を眼の前に積んで、わきめもふらず、せっせとボールペンを動かしていた。熱心に動く指を見つめながら、僕はビールを口に運んだ。

「少し話しても邪魔にならないか」

「ええ、平気よ」

「その仕事はずっと続けるのか」

資料を左手でめくりながら、文子はベッドの上の窓敷居にいる僕を一瞥し、どうしてそんなことをききたがるの、といった顔をした。昼間、胃の中のものを吐きつくした後で、わたしはいい教師じゃないわね、と自嘲気味にいった言葉を思いだしていた。

「たぶん、やめたくなる時までは。どうして」

「結婚しても続けるのか」

「誰と」

ボールペンをテーブルに立て、そのうえに小さな顎をのせて、上眼遣いに僕を見た。

「文子と結婚したいと思っている」

「本気にするわよ」

「しろ」

文子は首を振った。声を低くさせて笑ってボールペンでテーブルをこつこつやった。

「どこで考えたの」

「ビリヤード屋で、婆さんと話している時にだ」

「赤ん坊を絶対堕すとわかっていても」

「結婚したら産む」

「じゃ、駄目ね」

「文子もいつまでも高橋君でいてくれっていうのか」

「そうね。その条件は飲めないわ。高橋君」

仕事に戻った。僕は文子が両親に兄の赤ん坊を堕胎させられた時から、養護学校の教師の職を選んだのではないか、彼らの子供が正常な形で産まれにくいと考えるなら、だからこそこの職業を、と考えた。

「手持無沙汰ならラジオでも聴いていれば。一時間ぐらいで終ると思うわ」

「ミステリーの続きを読むよ」

窓から降り、ベッドを歩いて彼女の前まで行った。

「顔色が悪いぞ」

「少しだるいの。熱でもあるのかしら」

僕は手を伸ばして彼女の額に触った。微熱程度だったが、悪い予感がした。

「昼間から調子が少し変なの」

「吐いた時からだ」

「そうね。たぶん。手をどけて。早くやってしまいたいわ。罐ビール残しておいてよ」

額に置いた僕の手を静かに払って、文子はカリキュラムのレポート作りに戻った。本棚に横に寝かせておいたメアリー・クラークを取ってきて、ベッドに寝ころんだ。

「学校全体のカリキュラムなのか」

読みさしに挟んである栞の箇所をひらいた。

「これはね。生徒ひとりひとりの指導についてのレポートの場合もあるけど」

美智子は共同保育の会議からフサエの車に乗って帰ったろうか。京一がまだひとつの蒲団にくるまって寝ていた僕と美智子に、バターとジャムのついたパンを作ってくれたあの時、美智子ははっきり宣言するようにいったものだ。あたしと結婚しようだなんて考えないでよ、と。どうせ、いつ別れるとも限らないのだし、男と寝るたびに結婚するわけには行かないわ。その時には、そんなことはこれっぽっちも思っていなかったし、僕とても、一度の女といちいち結婚しようなどと考えるほどウブな年齢ではなかった。それに第一、と美智子はいった。丸山だけでたくさん、籍を入れたり、結婚して成り立つ関係なんてごめんこうむるわ。好きにしてくれ、と僕はいった。

文子がレポートを作ってしまうまで、ビールを飲みながら、ミステリー小説の二十頁ほどを読んだ。あと四、五日で読み終えるだろう。

「さあ終ったわ。お待ちどうさま」

文子は資料とレポートを茶封筒にしまった。僕はその頁の最後の一文を読んで、次の頁に栞を挟んだ。

「ビールをちょうだい」

「それより熱をはかったほうがいい」

「大丈夫よ。まずビールだわ」

ボクサー・パンツの恰好で台所まで行き、グラスと、ひやしておいたビールを持って来た。今日のこの一日を何日続ければ、夏の季節は過ぎ去ってくれるのか。

だるそうにテーブルに肘をついて、身体を傾けている文子にビールを注いだ。

「ボクサー・パンツ似合うわね。色もいいわ。一週間後に、あのビリヤード屋が壊されたらお婆さんはどうするつもりかしら」

「わからないな。たぶん彼女が死ぬまでのお金は入ったと思うけど」

「姿を消す前に、毎日通って、ふたりで習いましょうか」

「それもいいな」

「気のない返事ね。さっき京一君と電話で話したからじゃない」

「京一がおまえに何の関係があるんだ。黙っていろ。子供を堕すことしか考えない女なんだろ」

　声が思わず、強い調子になった。

「そんなに怒らないで。どうして美智子さんとの間に子供を作らなかったの」

「作れば、彼女は自分の籍に入れる。丸山のだ。その子にとっても高橋君になれというのか」

「わたしは美智子さんじゃないわ」

「俺は、女運が悪いよ。頭がややこしくなる」

　文子を笑わせるために僕はいった。彼女は少ししか笑わなかった。笑っていいものかためらっているようだった。それでも、その言葉で、僕が和解を求めているのを彼女は察してくれたようだった。

「夏休み、取れるでしょう。海水浴はどう。行く気、ある」

「ないな。今のところは」

「どうするの」

「しばらく両親に会っていない」

「しばらくって」

「東京へ出て来てからだ。まる九年半」

「ひどい息子」

「おまえ、いい娘か」

「男運が悪いわ」

僕はビールを飲み終えた。もう一本、罐の栓を抜いた。

「両親に会いに行こうかと思う。来ないか」

よく考えた末、僕はいった。

「行ってどうするの」

「紹介する」

「厭だわ」

「途中に文子の田舎があるだろ。文子の両親にも紹介してもらいたい」

「勝手にきめないで」

「このままでいたいか。兄さんにも会う」

「何のつもり」

「会っておきたい、僕らのために。それに頭がややこしくならない前に」

「ひと雨、来ないかしら」

「はぐらかすな」

「酔ったみたい」

僕は彼女の肩を押して畳に寝かせた。Tシャツをたくしあげた。

「産んでみればよかったのに」

「なんの話だ」

素裸になった彼女を見降して僕はいった。

「美智子さんとの子よ。彼女も気が変ったかもしれないわ」

「もう終った。皆んなで終ったことをつべこべいっている」

ボクサー・パンツを脱いだ。柔らかい弾力のある彼女の身体に重なると、文子は息を整えるようにした。熱っぽかった。そういった。だんだん熱がでてきているようだと。予感が当りそうだった。

「ビールでなおすわ。アル中はそれをアルコールでなおすの」

「僕は父が望んだようにはならなかったが、まだ自分が望んだようにもなっていない」

「何の話？」

「アル中はどうやって病気をなおすんだって」

「アルコールでよ」

「文子は頭がおかしい。兄さんはどこにいる」

「…………」

僕は愛撫もせずに、ペニスを文子の中に入れようとした。途中まで入れると彼女がひどく痛がって、馬鹿、といった。兄さんのようか、と僕は残酷な気持になっていった。平手で文子は僕の頬を叩いた。そのまま強引に入って行った。馬鹿、馬鹿、といいながら、顔をしかめて僕の両腕を握った。爪を立ててきた。すぐに汗が吹きだした。文子の乳房にも、僕の胸にも吹きだし、それはつぶになって、彼女の胸や腹に落ちた。身体を触れあわせて動くと、汗がふたりの皮膚のあいだで、音をたてて混じりあった。文子はやっと腕から爪を離した。ひりひりする痛みが残った。いつまでも残ればいい。僕は、鬼に食べられているのではない。僕が鬼だ。そうなる。文子が声をあげた。美しい声だ。あげ続ける。僕は奇妙な形の果実のような耳朶を噛む。文子の兄が棲んでいる。この身体の奥深くに棲んでいる。僕は彼を追いだそうと思う。あがく。出て行け。僕は鬼だ。鬼で、文子は僕のものだ。文子が声をあげ、僕の汗みずくの両肩に手をかけてくる。ゆっくりと、しかし強い快感と共に、僕自身があふれだすのを感じる。兄のいる場所はどこにもないぐらいに。僕はそう願う。出て行け、と思わず声にだす。

＊

翌朝、七時半に僕は起きたが、すでに部屋は暑さで占領されかけていた。それさえのぞけば天気は上々だった。頭の中をさまざまなことがかけめぐって、五分程、僕は眼醒めたままそれらをぼんやり考えた。

京一が二軍のベンチに坐っている日曜日や、一週間後には老婆の過去とともに跡形もなくなるビリヤード屋。今日、透明シートを配達することになっている従業員三人の印刷工場。彼らの文句。眼つきの悪い、偏屈な髭面の工員。あいつは僕にいうだろう。乾燥機に二度通しただけで、シートがこんなにカールしてしまう。あと八色も色を通さなければならない。トルエンの匂いに満ちた、中古のスクリーン印刷の機械と乾燥機と断裁機の置いてあるあの狭い工場で、僕はその場しのぎのいいわけを考える。今は夏だ、という。湿気も問題だ、という。お宅には気を配って、質のいいシートを納品している、という。その他、思いつくかぎりのいいわけを口にし、何度も頭を下げ、終始、顔からは笑顔を絶やさない。

文子の肩を揺った。かすかに眼をあけて、唸り声のような声をだすだけだ。

「学校は休め。無理だ」

僕はいって額に手をやった。ひどい熱だった。

「行かなきゃ。レポートを」

「一日ぐらい構うもんか」

文子が首を振った。

ゆうべあの後、僕らはまた少しビールを飲んだが、昼間の時同様、何の前触れもなく、ふたたび文子は激しく吐いた。

涙を流して吐き続け、背中をさすっている僕に、あんたはお人好しだわ、何も知らないくせに、と理由もなく罵ったりした。少なくとも僕にはわからなかった。あんたに妹がいたら一度寝てみるといいわ。妹はいない、と僕は答えた。高橋君。京一君の贋のお父さん。文子の両肩を摑んでベッドに押えつけた。あなたが好きなの、本当だわ、あなたが好きなの、男らしいわ、と文子は喋った。熱のせいだ、と僕はいった。お兄ちゃんは優しかったわ、と彼女は嘔吐した後の苦痛からでなくいった。そうだろう、兄妹だからな、と僕は静かな、なだめるような声をだした。それから冷蔵庫に行って氷をだし、スーパー・マーケットのビニール袋に詰め、タオルで巻いた。兄妹だから、と彼女が叫んでいた。そうじゃないわ、優しかったのよ、知りたいでしょう、話してあげる、親は泣いたわ、父はお兄ちゃんを殴ったわ、竹刀でよ、何十回も殴り続けたの。わたしが頼んでも父は許さなかった。

僕はタオルで巻いた即製の氷枕を持って行った。喋るだけ喋って彼女は少し落着いた。熱にうかされた潤んだ眼で僕を見あげていた。てきぱきと文子の頭を片手で持ちあげ、氷枕を入れた。体温計を捜して、彼女の脇の下にさしこみ、新しい氷を作るために、フリーザーのアイス・メーカーに水を満たした。足りなければ、酒屋へダイヤ・アイスを買いに行こうと思った。それから洗面器に水を満たし、タオルを肩にかけて戻った。

まるで風呂あがりね、と文子は全裸のそんな僕をからかった。笑えよ、と僕はいった。深刻な話なんかたくさんだ、笑えよ。タオルを絞り、額に乗せた。風邪かもしれなかったが、違う病気かもしれなかった。体温は三十九度八分あった。前に病気をしたことはないか、ときいてみた。文子は首を振った。駄目なら救急車を呼ぶ、というと、いやよ、あれには乗りたくないの、と文子は力なく答えた。笑わせて、と彼女はいった。

喋るな、と僕はいって、額のタオルを裏返した。過ぎたことも考えるな、とそうしながら続けていった。過ぎていないわ、あなたどうしてもお兄ちゃんに会いたい！　そういったわね、会わせてあげる。翌日も翌日も父は兄を部屋に閉じこめておいて殴ったわ、それで十何日かたって、どうしたと思う？　もういい、やめろよ、と僕はいった。笑わせてくれないならやめないわ、ある日、救急車が来たの。あなたみたいな立派な体格の男がふたり入って来て、お兄ちゃんの部屋へ行ったわ。お兄ちゃんは彼らの目的がわかってびくびくしていて、男のひとりが、これはビタミン注射だ、というの。わたしはやめてってていったのよ。そんな注射は打たないでって。お兄ちゃんはわたしに哀願するようにびくびくした眼を向けて唇を震わせていたわ。父が無理矢理、連れて行こうとしたの。わたしが悪い子なの、わたしがいけないの。お兄ちゃんを誘ったのはわたしなの、といったわ。父は怒って、わたしを殴ったわ。男が注射を打つと、すぐにお兄ちゃんは眠ったの。麻酔銃で撃たれたシマウマみたいに。お兄ちゃんの子供は堕さないわよ、とわたしは兄に叫んだわ。

わかった、笑わせる、と僕はいった。文子は夢うつつで、とまらなかった。五週間、鍵のかかった病院に入院して戻って来たわ。四ヶ月目にまた入院よ。ずっと繰返しているわ。元のお兄ちゃんじゃなかった。ろくに言葉も喋れなくなったの。兄に会いたかったら、そこに検印つきの病院から来た手紙があるわ。そこが彼の住所よ。

喋りつかれて文子はぐったりした。これから文子を笑わせる、これが僕の六十になった時の顔だ。思いきり下顎を突きだして唇をめくり、顔中に皺ができるように頬を歪ませ、老人の声を作って僕は話した。僕らは結婚するんだ、と。文子は子供を産み、僕は働く、と。文子は笑わずに、美智子さんはわたしが兄と寝たことを知っているかしら、兄の恋人だということを知っているかしら、といった。


「どうしても行くわ。行かなければいけないの」

「わかった。少し歩けるか。タクシーを拾うまで」

「ええ、大丈夫よ」

「服は着れるかい」

「ええ」

「僕も一緒に行く。その後病院へ行こう」

文子はのろのろ身繕いをした。

「ゆうべ、わたし何か喋った？」

「ああ、僕と結婚するといった」

「嘘つき」

「保険証はどこだ」

立ちあがると文子はバッグの中、といった。身体をふらつかせた。昨夜彼女が仕上げたレポートの入った茶封筒を持ち、彼女の腕を取った。

「本当にそういったの」

「ああ、結婚したいって」

「考えてみるわ」

「そうしてくれ」

通りに出ると、タクシーはすぐに拾えた。学校の名を文子は運転手に告げ、僕に寄りかかってきた。

「本当は、ゆうべ喋ったことは覚えているわ」

「僕は忘れた」

「忘れなければよかったのに。せっかくの作り話だったのに」

「でも、忘れた」

はじめて見る彼女の養護学校の正門でタクシーはとまった。道は広々としており、明るく輝いていた。人の姿はなかった。

「ひとりで行くわ。渡したらすぐ戻ってくるから」

文子は一緒に降りようとした僕をとめた。彼女が道に降り、閉ざされた正門へ歩いて行くのをタクシーの窓から僕は見つめていた。正門脇の通用口から姿が見えなくなるまで。

「身体の具合が悪いようですね」

運転手が前を見たままいった。

「彼女が戻ったら総合病院へ行って下さい」

「ああ、わかりました」

「ドアをあけて下さい」

「いいですよ。でも、どちらまで」

「少し歩きたい」

僕はアスファルトの路面に降り立った。彼女はリノリユウムを敷きつめた廊下を歩いている。光りと暑さがこの街で鬼になりかけている僕めがけて、いっせいに襲ってきた。

夜、鳥たちが啼く

電車の中には熱気としらけた気分とがまぜこぜになって漂っていた。無理もなかった。あれではあまりにだらしなさすぎる。圧倒的に子供たちに人気のあるチームが九回裏に、四番バッターの二打席連続ホームランで同点に追いついた時には、一塁側のスタンドは湧きに湧いた。この勢いなら、延長で逆転も可能だ。声だけは元気だが、疲労をたっぷりと滲ませた売子から買ったビールを飲みながら、僕もそう思った。ところが、延長十一回の表には、相手チームに満塁ホーマーをはじめ、たて続けに三ホーマー打ちこまれて、あっさり六点差の大敗を喫したのだ。リリーフ投手ときたら、まるでバッティング・ピッチャーだった。それより始末が悪い。十一回表の先頭打者にヒットを打たれるまで投げ抜いたエースはよく頑張った。問題はそのあとだ。交替したリリーフ投手は、二者を四球で歩かせて、みすみす満塁にしたのだ。あげくが、三者連続ホームランだ。

一塁側の子供たちは、応援する気にもなれない、といったふうだった。僕の周囲にいた子供たちも、あきらめと失望で溜息をつくばかりだ。

いつもより電車の客は少ないほうだ。満塁ホーマーが出た時には、球場にいた半数近い観客は帰ってしまった。それでも、今、車内のシートは人で埋っていた。

土曜の夜だ。すでに十一時近い。さしもの夏も勢いを弱めた。ネクタイをゆるめた僕の前には、ブルーの人気チームの野球帽をかぶった少女が、母親と並んで腰かけていた。小学校五、六年だろう。首からメガホンをさげ、瘦せっぽっちの身体を母親にしなだれさせていた。

左手には男の子ばかり四人坐っている。四人の前には二十歳ほどの青年がふたり立っている。ぼくより五歳は若いだろう。しきりに子供たちをからかっていた。ふたりは明らかに勝ったチームのファンで、子供たちはその反対だった。吊り皮にぶらさがっているジーンズ姿のひとりが子供たちにきく。

「今夜の試合は、どっちが勝った？」

シートに坐っている子供たちは黙っている。

「なあ、どっちが勝った」

「オリックス」

ひとりが渋々、答える。ふたりがさも愉快そうに肩をぶつけて笑う。もうひとりがなおもたずねる。

「ライオンズが勝ったんじゃなかったのか」

「オリックス」

子供たちのひとりが声を強めた。

「そうか。オリックスか。安心したな」

「知っているくせに」

「優勝するのはどこだと思う？」

「オリックス」と僕の隣りにいた少年が、怒っていった。

思わず僕は吹きだした。青年たちが、夏のスーツに、ゆるめたネクタイ姿の僕を見る。微笑んでいる。

「明日から球場の名前が変るのを知っているかい」

「知るもんか」

「オリックス・ライオンズ球場になるんだ」

青年たちが笑いこけ、少年たちも無邪気に声をあげて笑った。わずか五年ほど前なのに、僕は自分が彼らと同じ齢頃の時、何をしていたか思いだせなかった。その必要もない。どうせ、たあいもないことで日々を過ごしていたのだろう。次は僕の降りる駅だ。駅前にわずかに商店街があり、それが途切れると市役所と郵便局と、畑や雑木林ばかりだ。裕子は眠ったかもしれない。少なくとも三歳になるアキラは眠っただろう。彼女は朝、保育園にアキラを連れて行き、その足で、補聴器の会社のパートに行く。しかし、明日は日曜だ。

僕は今日のことを思いだした。午前十一時頃眼醒めて、ヴィレッジ・バンガードの夜、を繰返し聴き、「そうだね。でもそう考えただけで素晴しいじゃないか」という会話でしめくくられる小説を読み終えた。会社が近いという理由で、一年八ヶ月前から僕が借りている借家の六畳のプレハブでだ。母屋のほうには、二ヶ月前から裕子と息子のアキラが住んでいた。彼女は僕より三歳齢上だった。新しいアパートでも見つかるまで、という約束だった。けれども、彼女が不動産屋に足を運んでいる気配はなかった。僕としては二ヶ月が五ヶ月になってもどうということはなかった。母屋にある風呂と便所へ行くために、一度プレハブを出なければならない不便さを除けばだ。

あんたのそういういいかげんなところを見込んで頼むの、と彼女はいったものだ。腹もたたなかった。別に、いいかげんに生きているつもりはないぞ、とその時、僕は答えた。

——そんなことをいっているんじゃないわよ。堅実な会社に勤めているんだし。

——ファクシミリやコピー器を売る会社にいるからって、僕が堅実に生きていることにはならないだろ。

——ほらね、そんないい方をするでしょう。

僕は、邦博はこのことを知っているのか、ときこうとしてやめた。野暮な質問だ。知らないわけがなかった。とにかく、そんな話のあとで、彼女は僕の借家に仮りの住まいとして引越してきた。プレハブでいい、といい張った。アキラ君がいるんだから、それは駄目だ、と僕はいった。本棚とステレオを持って、僕がプレハブに移った。邦博とは、彼が仲間たちと金を出しあってプロデュースした小規模のロック・コンサートの照明室で会ったのが最後だ。

どっちにしても、これは彼らの問題であって、僕の関係のないところで、ことがすんだにすぎない。誰にも同情も味方もしなかった。彼女が僕のことを、いいかげん、と口にしたのは、もしかすれば、この世間ではどんなことが起ころうと不思議はない、と考える僕の心を見抜いていたからかもしれない。

電車がホームに入り、立ちあがってドアの所へ行った。四人の少年たちも立った。

「明日からの二連戦、どっちが勝つと思う」

青年たちの声が少年たちを追いかける。ドアがあく。僕はホームに降りる。

「オリックスだろ」

少年たちの声が背後でやけに響く。改札へ向う。駅員はひとりだ。駅前は閑散としていて、草や木や土の匂いがたち込めている。少年たちの母親が車でむかえに来ていた。彼らが車に乗り込むのを見ながら、道を渡り、ふたたび僕は、今日のことを考えた。一ヶ月がかりで読み終えた小説の最後の一節を思いだす。そうだね。でもそう考えただけで素晴しいんじゃないか。

本を閉じ、一ヶ月もかかって読んだのだ、と考えて、そんな自分にうんざりした。人混みにまぎれこみたくなった。前々から、自分がひとりっきりになりたい時は、映画かナイターにきめていた。沈黙か大騒ぎかだ。

夜道をぶらぶら歩いた。花屋も本屋もしまっていた。開いているのは、ビデオのレンタル屋とコンビニエンス・ストアだけだった。夜気はまだ夏の気配を含んでいる。古くからのスーパー・マーケットの前の信号を渡り、薬局を過ぎると、売るために育てている芝地と、栗林になった。ネクタイを外し、胸ポケットに突っ込んだ。読み終えた小説の一節を繰返し、口にしてみた。若い夫婦が経営している古道具屋があり、そこを左に折れると住宅街で、プレハブつきの借家がある。電話ボックスで、ヘルメット姿の女が話し込んでいる。オートバイが路肩に立てかけてある。古いものと新しいものがせめぎあっている土地だった。何年もしないうちに、古いものは次々姿を消すはずだった。僕の借りている部屋も引越す者がでたら次の入居者は入れないそうだ。いずれマンションにでもなるのだろう。

プレハブに帰ったら何をするか。本は読み終えたし、ヴィレッジ・バンガードの夜は聴きあきた。テレビもビデオデッキもなかったし、手紙で近況を知らせる友人も思いつかない。アルコールもない。おまけに大騒ぎに身を置くために出かけた野球ときたら、間抜けた試合だった。左に折れた。八十メートルほど先に幼稚園のフェンスが夜の底に沈んでいた。道を挟んで僕のプレハブが視界に入った。八月最終の土曜日で、九月に入ったら多くの子供たちが集まる。アキラは時々、保育園より幼稚園のほうがいい、プールが広い、と裕子に駄々をこねているらしい。彼は父親の邦博のことをどう思っているのだろうか。あいつは新しい女とうまくやっているだろうか。名前は知らない。あいつがプロデュースしたコンサートの照明室で、ドラッグを渡してくれた女だ。少女みたいだった。僕が照明室の鉄製のドアを押して入って行くと、あいつはストロボのレバーを次々切りかえながら、よおといった。仲間が七、八人ひしめいていて、邦博はその少女みたいな女に、眼配せし、僕を顎で指した。乳房の大きな女で、近づいてくると、上物よ、といった。ありがとう、と僕は答えて受けとった。半年も前だ。それが今では、僕はあいつの女房と息子と暮している。暮している？　少なくとも幼稚園の保母や近所の人々や大家にはそう映っても仕方がない。

幼稚園の入口にさしかかった。街灯の明りの下に、ドーム式の鳥籠があった。ちょっと立ちどまって中を覗いた。ギンケイやキンケイがせかせか地面を動き回り、止り木には大型のインコが並んで、咽をぐつぐつ鳴らしたり、ドームの金網を嘴で突ついたりしている。どうしたわけか、こいつらは夜、眠らない。不眠症の鳥たち。時々、夜中でも啼きかわすことがあった。街灯が明るすぎるのかもしれないし、昼間の子供たちの喧噪でリズムが狂ってしまったのかもしれない。

鳥たちを見ていると左の二の腕に急にかゆみを感じた。野球場でビールを飲んでいる時、はじめて感じたかゆみだった。あせもかジンマシンかと思った。そんなはずはなかった。たいしたことではないだろう、そのうちやむさ、と軽く考えていた。夜の鳥を見た途端、それが頭をもたげた。僕はドーム式の鳥籠からも、がらんとした幼稚園からも背を向けた。プレハブに行った。

例の小説のしめくくりのように、そう考えただけで素晴しいことが、僕にあるだろうか。あるとしてもだ。そんなことをわざわざ口にしなければならないほど、今の僕は深刻なわけではない。

＊

プレハブは閉めきってあったので空気がよどんでいた。いそいで窓をあけた。息が詰って汗が滲み、疲労が全身の皮膚から吹きだしそうだった。窓は幼稚園側にあり、窓下にはパイプ製の簡易ベッドが置いてあった。裕子たちが引越して来てから買ったものだ。夏のスーツを脱ぎすて、ワイシャツのボタンを外し、ベッドにうつぶせになった。静かに呼吸をし、空気がすっかり入れかわるのを待った。左の腕のかゆみはなかなか消えなかった。いったい何だろう。呼吸が落着いてから、上体を起こし、ベッドに腰かけて裸になった。無数の赤いぶつぶつが、子供の手のひらほども肩から力こぶのあたりに広がっていた。

思いだした。クラゲだ。一週間前の週末、裕子たちと一緒に、千葉の海で泳いだ時、刺されたのだ。古くからの友人の女房と泳ぐのは不思議な気分だった。小さなクラゲの群れにぶつかるたびに、するどい痛みが走った。しかし僕は刺されても刺されても泳いだ。海からあがった時は、むこうずねや首や腹がみみず脹れになってしまった。ビーチ・パラソルの下に戻った裕子の所へ行くと、アンモニアを塗ればすぐなおるわ、そんなもの塗らなくても大丈夫だけれど、といった。海辺での彼女は邦博といる時よりも美しかった。僕は砂に寝そべってきいた。

――どうしてそんなことがわかるんだ。

アキラが波打ち際で、足首まで海水につかってたわむれていた。

――あたしは海育ちだもの、クラゲなんか平気で泳いだものよ。

――それなら大丈夫だろ。信用するよ。

僕は、彼女の育った海がどこなのかたずねなかった。邦博と別れた理由を詳しくたずねなかったように。その時彼女はいった。

――海なんて何年ぶりかよ。あんた、あたしたちが転がりこんできて迷惑なんじゃない。

――迷惑なら最初からそういうよ。

――やさしいのね。

――違うよ。お人好しなだけさ。それに僕はエゴイストだしね。家賃を半分払ってくれさえすればいい。

するとと裕子が笑った。お人好しのエゴイストなんて、聞いたことがないわ。

確かに海から帰った翌日にはクラゲの刺し跡は消えた。あとかたもなかった。それなのに一週間もたって、思いだしたように不意に腕にだけあらわれた。爪をたてて、かこうかと思ったがやめた。海で、裕子が、爪をたてたりしてへたに化膿させないほうがいいわよ、そうなると、やっかいなの、といったのを思いだしたからだ。

咽が渇いた。冷蔵庫もないし、台所もない。台所は母屋にある。さっき帰って来た時、母屋には明かりが点いていたのを思いだす。彼女はテレビでも見ているか、雑誌でも読んでいるか、誰かに手紙でも書いているかだろう。子持の三歳齢上の女について想像できるのはそんな程度だった。海では僕は、彼女ほど端正で美しければ、補聴器の会社などでなく、他にもっと彼女にふさわしい仕事がありそうなものだ、と思っていた。何かの、例えば新製品のファクシミリの展示会のコンパニオンやハウスマヌカンなどだ。

一度、そう話したことがある。彼女の答えは全く簡単だった。こう見えてもあたしは内気なほうなの。僕は少しあきれた。他人の眼も気にせず、男の所へ転がり込んでもか、と幾分、皮肉をこめていった。

――そうよ。あんたは特別なの。

——ありがたいよ。

いってから僕は、あいつに新しい女が出来た時にも、ただ内気に身を引いたというわけか、と残酷なことをいいそうになった。

咽の渇きも腕のかゆみもとまりそうにない。上半身裸のまま、僕はプレハブを出て、彼女たちのいる母屋へ行った。ビールでもあるかもしれなかった。

明りはついているのに窓は閉めきってあった。おかしな奴だ。僕は他人の家をこっそり夜ふけに訪ねる男のように、ドアを叩いた。返辞はない。元々、自分が借りた借家ではないか。近所の人々や大家が、子連れの女を引っぱり込んだと思おうと、こそこそすることはない、といいきかせた。それに三万六千円の家賃も折半だった。ノブを回した。カギがかかっていなかった。

「やあ」と僕は努めて明るい声になるようにドアをあけた。返辞はやはりなかった。

「あがるぞ。水が飲みたいんだ」

僕は玄関からすぐの台所にあがった。古い建物で部屋はふすまで仕切られていた。冷蔵庫をあけてみようかと思った。はばかられた。それも僕のものだが、中味は彼女のものだ。仕方なく僕は水道をひねって水を飲んだ。たまり水でなまぬるく、ひと口飲んで吐きだしてしまった。新鮮で冷たい水になるまで待ってから、ごくごく飲みほした。それから水をてのひらですくい、クラゲに刺された赤い発疹になすりつけた。熱を含んでいたようだ。水をつけると気持ちよくなり、かゆみも薄れた気がした。アンモニアが効くという話だった。彼女がそんなものを持っているとは思えないが、他に軟膏でもあるかもしれない。

しかし、彼女はおそらく明りもつけっぱなしで眠っているに違いない。それにしても、ドアにカギもかけていないとは、と思った。すると何だかわずかに腹だたしい気持にもなった。邦博はあの照明室にいた新しい女とマンション暮しをしている。ところが俺はどうだ。そう思って、自分がまっとうな二十五の青年ではないような気がした。

入るぞ、と声をかけふすまをあけてみた。蒲団がふたつ並べてあった。アキラだけがタオルケットもはねのけて眠りこけていた。拍子抜けするような、あっけにとられたような気分だった。突っ立ったまま、からっぽの彼女の蒲団を眺めた。彼女がここに来てから必要以上にこの部屋に立ち入らなかった。第一、そうそう必要なことがあるはずもない。そこは八畳で、奥にもうひとつ四畳半がある。完璧に眠りこけているアキラをまたいで、もうひとつの部屋にも行ってみた。やはりもぬけのからだった。何故か疲労がどっと吹きだすように感じた。

台所に戻った。突きあたりが風呂場だが静まりかえっている。冷蔵庫の前に行った。

「これは誰のものだ」

僕は冷蔵庫を指さして、怒りまじりにひとりごとをいった。そして続けた。

「俺のものだ。クレジットのローンが、まだ一年半ある」

冷蔵庫をあけた。卵やハムやチーズ。牛乳にジャム。ビールが五本入っていた。一本取り出す。栓を抜く。構うものか。ひとりごとを口にしてみる。

「今日はどっちのチームが勝った」

グラスに注ぎ、自分で答える。

「オリックス」

立ったままビールを飲む。

「彼女はどこへ行った？」

閉めた冷蔵庫に、声をだして問いかける。またはじまっただけのことではないか、と口にしかけてやめた。彼女が、どこでどんな男と時間を過ごそうと、僕の知ったことではない。元々、単なる成り行きでこうなっているだけの話ではないか。ビニール張りの、彼女が新しく買ったらしい丸椅子に僕は腰かけ、ビールを注ぎ足した。本当にそれだけの話ではないか。

二十分かけて一本飲みほしたが、彼女は帰って来なかった。換気扇をまわして煙草を吸った。裕子の持ち物は必要最小限しかなかった。それなのに、部屋は徐々に変化していたようだった。少なくとも僕がひとりでいた時とは幾分違っていた。化粧の匂いや女物の下着、アキラのオモチャ。鉢植えの安っぽい花。

＊

アキラが寝ぼけて、トイレに起きて来た。女の子のような赤い縦のストライプのパジャマ姿で、台所にいる僕をまじまじと見つめてくる。いったい何をしているのか、といった表情だった。困惑した。僕は子供になれていなかった。よお、とそれでもさり気なく笑いかけ、発疹のできた腕をあげてみせた。はれぼったい眼をしばたかせ、なあんだ、とやっと僕だと理解したように、舌足らずな声でいった。

「今度、野球を観に行かないか」

僕はいってみた。アキラはまるで興味なさそうに首を振った。そしてきいてきた。

「おかあさんは？」

「ちょっと買い物に行った。煙草を買いにファミリー・マートにでかけた」

ふうん、とアキラはすっかりなれている、とでもいうように、あくびまじりでいった。それから、まだ充分、成長していない背を見せてトイレにむかった。大丈夫か、と僕はそのストライプの入ったパジャマの背に声をかけた。

「何が」

アキラが振り返った。

「ひとりで、その、トイレにさ」

「変なの」

それだけいって、アキラはトイレのドアに手をかける。

「あけたましてもいいぞ」

「いやだよ」

ドアが閉った。取り残されたような気がした。おかしなものだ。苦笑がこぼれかける。アキラは何もかも理解しているのだろうか。ふと僕はそんな疑問を抱いてしまった。すると居ごこちの悪い気になった。海で無邪気に遊んでいたアキラを思いだす。裕子といる男が、父親の邦博ではなくとも、いっこうに構わないようだった。だからといって僕に格別、なれなれしくするわけでもなかった。何か買ってやろうか、といっても必ず一度は首を振ったものだ。

——あいつのことはどう話しているんだ。

ビーチパラソルの下に寝そべっている裕子にそうたずねたりした。

——なにも話していないわ。黙って見ていれば自然にわかるでしょう、あの子だって。

僕はそんなものかな、といって水着から出ている彼女の四肢を見た。足首だけ、八月の熱い陽に晒されていた。そんなものよ、子供だから何もわからないってことはないわよ、口喧嘩の毎日だったんだから。まだ二十八の女だった。子供さえいなければ、男たちに声をかけられても不思議のない齢だ。

——そんなものかな、と僕は人であふれている海を眺めてもう一度いった。

——そうよ。

そんなことはたいしたことじゃないわ、とでもいう調子で裕子は、砂に突っぷした恰好のままつぶやいた。

アキラがトイレから戻り、寝床に入るのを見届けたら、ビールを二本持って、プレハブに戻ろう。勝手にあがりこんだことや、冷蔵庫をあけたことは、明日にでも裕子にわびればいい。ビールの代金と一緒に。軟膏はがまんしよう。ひと晩たてば、発疹も消えてくれるかもしれない。

水を流す音が聞こえた。パジャマのズボンを引きずりあげながらアキラがでてきた。寝ぼけまなこのアキラに、とてもパジャマが似あっているよ、といおうとした。おかあさんが選んでくれたのかい、と。けれども、先に口をひらいたのはアキラのほうだ。

「慎一くんは、お母さんを待っているの?」

慎一くんと呼ばれたことに、僕は思わず戸惑った。裕子が普段からそう呼んでいるに違いなかった。声も女の子のようだったが、どこか大人びたいいぶりなのも、ちぐはぐで、おかしかった。変声期はずっと先だ。

どう答えていいものか。アキラは半分眠りの内にいるようなぼっとした表情で、椅子に坐っている上半身裸の僕を見ている。答えずにすますわけにはいかなそうだ。

「うん、まあ、そうだな。腕がかゆいんだよ。ほら、海に行った時、クラゲに刺されたろ。あそこがかゆいんだ。薬がないかな、と思って、おかあさんをさ、待っていたんだ」

「ふうん」

「クラゲのことはおぼえていないかい」

「うん」

アキラがすたすた近づいてきて、背のびして蛇口をひらき、水を飲んだ。

「夜、ひとりでオシッコができるんだね。えらいな」

アキラは蛇口を閉める。両手をぶらりとさげ、僕を見あげる。

「どうした。寝たほうがいいよ」

僕はまるで邦博のかわりだ、どうしてこんなことにならなければいけないのか、と一瞬思った。しかし、一瞬だけだ。

「ねえ、ききたいことがあるんだけど」

「何かな」

「あのね」

今度はこっちが口を噤んだ。アキラがいいだすのを待った。

「慎一くんはどうして一緒に御飯を食べないの。三人でお風呂に入ったりしないの」

「いろいろあるんだよ」

これでは返辞になっていないと思いながら答えた。腕のぶつぶつした発疹の先を、指先でなぞってみる。僕の身体にできた異物。夏の残り。

「おかあさんが嫌いなの。前のおとうさんみたいに」

「そんなことはないよ。海だって一緒に行ったろ」

「また、行きたいな」

「そうだな」あいまいにいった。

でも、裕子が新しい住まいを見つければ、ここを出て行く。そうすれば、ふたたび、僕ひとりの生活だ。海の季節は終った。先のことなど約束できない。

「寝ろよ。な」

アキラが頷く。おやすみなさい、といって蒲団の敷いてある部屋に入って行く。どこまで本気でたずねたのだろう。そんなことを気にするなんて。僕もどうかしている。半分寝ぼけた子供のいったことではないか。

こんなふうに夜、のこのこプレハブをでてきたのがいけないのだ。アキラをほったらかしにしている裕子のことが浮かぶ。馬鹿馬鹿しい。全くお人好しもいいところだ。振り回されているのと同じではないか。

僕はビールを二本抱えて母屋を出た。合いカギでドアを閉める。一本は彼女が持っている。あきてしまったが、ヴィレッジ・バンガードの夜をヘッドホーンで聴きながら、プレハブでビールを飲もう。読みたい本はもうない。明日は日曜だ。

こんな夜、僕ほどの年齢の者なら、ひと晩、徹底的に馬鹿騒ぎし、うかれ、顰蹙を買い、疲労困憊するまで遊ぶ場所には、こと欠かない。おかあさんが好きじゃないの？　アキラの声が身内に残っている。好きさ、たぶんね。そう答えるべきだったろうか。

プレハブに入りかけた時、だしぬけに夜の底で鳥が啼いた。幼稚園の鳥だ。けたたましくたて続けに啼く。キンケイかギンケイだろう。俺は正直な人間じゃない。ふたたび鳥が啼く。声が夜にたちのぼり、夜気を震わす。

「馬鹿な鳥」という酔った女の声がした。

裕子の声だった。ジーンズにスニーカーに無地の緑のTシャツを着た彼女が、道端で小さく叫んでいた。

「おい」と僕は声をかけた。彼女が振り向く。

ぎすぎすしてはいないが、ほっそりとした顔に、人懐っこい微笑があらわれた。歯が白かった。

「どこに行っていたんだ」

「見ればわかるでしょう」

「そりゃ、わかるさ。アキラひとりにして、結構な話じゃないか」

「皮肉？　お説教？　あんたって、やっぱり男よ」

「どういう意味だ」

夜の立ち話も変なものだった。痴話喧嘩みたいだった。

「女をしばりつけたがる。そのくせ、自分では勝手なことをするのよ」

「いつそうした？」

　思わず語調が強くなった。

「俺は邦博じゃないぞ。慎一というんだ」

　裕子が足元に視線をおとしかけた。するとまた幼稚園の鳥がけたたましく啼いた。彼女も僕もそっちのほうを見た。僕の位置からは、プレハブの一角が邪魔になって、ドームは視界に入らない。

「今日はどこへ行っていたの」

　話をそらそうという調子ではなかった。僕は二本のビール瓶を抱え直した。冷えた瓶の水滴が発疹に触れて、ひんやりとした。

「野球場さ」

「行きたかったわ。声をかけてくれればよかったのに」

「お互い、無駄に干渉しない約束だろう」

「今、したじゃない」

「いいよ、わかったよ。カギをかけずにアキラを置いて、知らない男と飲むのが、おまえの土曜日さ」

彼女が、額に指をあてた。首を振った。僕は大学時代からの友達をひとり失うかもしれないんだ、といおうかと思った。我慢した。

「ごめんなさい」

彼女が額から指を離していった。

「あやまることなんてない。いいすぎたよ」

譲歩して僕もいった。

「野球、どうだった」

「男は、どうだった」

彼女がうっすらと口元をほころばせた。

「話さなければいけない？」

「いいよ。まだ、鳥の声を聞きたいか」

首を振る。飲まないか、と僕は抱えたビール瓶を腕の前に出していった。

「おまえの冷蔵庫に入っていたビールだけどな」

「あんたの冷蔵庫よ」

「どっちでもいい。来るか」

プレハブに誘った。行くわ、と彼女が声を弾ませた。彼女が僕の部屋に入るのはこの二ヶ月で三度目だ。一度は、僕が母屋を明け渡した時と、二度目は海水浴に行った日だった。

プレハブの戸は、母屋に行く時、あけはなしてあった。アキラ、大丈夫かな、と背後にいる彼女に声をかけた。と思うわ、と彼女があっさりと答える。

さっきの調子ならおそらく大丈夫だろう。

「アキラは裕子よりしっかりしているよ」

僕は、畳に腰かけ、テーブルにビール瓶を置いた。彼女が向かいあって坐った。部屋の空気はすっかり入れかわって、幾分涼しい夜気が満たしてくれている。グラスはちょうど二個しかない。汚れていた。構わないか、と僕はきき、彼女はそんなことには何の頓着もしないように、ええ、と頷いた。そして、あんたのそんな恰好、海で見たきりね、といった。僕は陽に焼け、胸も筋肉で厚かった。邦博や今夜の男と比べられている気がした。

ビールを注いでやった。彼女が注ぎ返してくれた。裕子が時々、夜、出かけるようになったのはいつ頃からだろう。二週間ほど前からだ。最初、ただの息抜きだと思っていた。そして、ある晩、ちょうど今夜のように道で出くわした時、僕は彼女の皮膚にまとわりついている男の匂いを、強く、敏感に感じた。

乾杯と彼女がいい、僕も声をそろえた。

それから夜、彼女がちょいちょい出かけるたびに、朝、疲労をうっすらと眼元に滲ませ、けれども満足した、充実した瞳を、僕は見いだしたものだ。僕とて、十七や八ではなかった。疲労と充実した瞳がどこからくるのかはすぐに察しがついた。

一度だけ、彼女は男と寝てきた、とひどくあけすけにいったことがある。確か、邦博の照明仲間だった。まるで邦博に復讐でもしているみたいにいったものだ。会ったことがあるかもしれないが、名前だけではわからなかったし、それに第一、彼女とて小娘でもなかった。

裕子はリラックスしていた。僕もだ。グラスを傾けて彼女はビールを飲み、途中でやめてこっちを見た。

「何なの、それ」

僕の腕にある発疹を見つけて眉をひそめた。

「例のクラゲさ」

「まさか」

「いや、そうとしか考えられないよ。それで薬でもないかと思って、さっき悪いが部屋を訪ねたんだ」

「見せて」と裕子が隣りにやってきた。

左腕を取った。乾いて熱い彼女の指が僕を刺激した。彼女が指で発疹のあとをなぞった。

「いつから」

「野球場で」

「かゆい」

「すこしね」

裕子のブラジャーをしていない乳房が、Tシャツ越しに腕に触れた。彼女は自然な顔つきをしていた。指を舌で湿らせ、彼女が発疹になすりつけた。黙って、されるままにしていた、僕は彼女の指の動きを見つめた。髪が耳朶に触れる。もういいよ、といって、裕子の指を握った。彼女が僕を見る。沈黙が続いた。何秒にも感じられた。そのまま僕は彼女と唇を触れあわせた。拒まなかった。たじろぎもしない。邦博のかわりは御免だし、それが復讐じみているのなら、なおさらだった。けれどもそうではなかった。互いに舌を絡ませたまま、僕は彼女をゆっくり畳に押し倒した。

汗みずくになった。すべてが終ると何でもないことだった。裕子はジーンズだけ身づくろいして、いつかこうなったわね、もっと早くてもよかったわ、といった。今夜も、誰か男とホテルかモーテルで過ごしたのか、と僕がたずねると、眉をひそめた。

「いわなければならないの」

「いや、いい」

彼女の汗で光った乳房や腰を見た。煙草を吸い、アキラがな、と僕はいった。

「さっき、俺にきくんだ。慎一くんはどうして、一緒にお風呂に入ったりしないのって」

裕子は愉快そうに笑った。

「困ったでしょう」

「ああ。それで、おかあさんが嫌いなのか、って不思議そうにきくんだ」

前のおとうさんみたいに、という言葉を省略して話した。

「何と答えたの」

「そんなことはないよ。海にだって行ったろと答えた」

「そうしたら」

「また行きたいな、だとさ」

ひさしぶりのセックスだった。ペニスがいつまでも快感でうずいていた。

「何もわかっちゃいないのよ」

剝きだしのままの乳房に汗が流れる。僕はもう一度、裕子を引き寄せた。

「ひと晩、する気？」

「そうだ」

「ガールフレンドは？」

「五ヶ月前に別れた」

せわしなく彼女は、はいたばかりのジーンズを脱いだ。

「あんたをしばりつけるつもりはないわよ」

「そうなってもいい」

僕はペニスをもう一度、あたたかい彼女の中に入れた。それが彼女の中心に至ればいいと願った。どうして、と彼女が腰を浮かせていった。

「アキラにおかしな質問をされなくてすむ」

「いい考えだわ」

一度目よりもっと快感で顔をしかめ、切れ切れにいうと彼女は、僕らが最高潮に達した時、顔を持ちあげて僕の耳朶を嚙んだ。

身体を離したあと、しばらく僕らはそのままじっとしていた。窓はあけっぱなしだった。彼女が歓喜の声をあげたのは、窓から道に響いただろう。気にしなかった。いずれにしろ、近所では、僕が、子供のいる女を連れ込み、一緒に住みはじめたと噂しあっているのだ。

四日前、大家に家賃を持って行った時、御結婚したんですか、と若奥さんにいわれたのを思いだす。めんどうだった。ええ、とだけ答えた。説明すれば話がややこしくなるのはわかりきっていた。第一、理解してもらえそうにはなかった。大家がそんなことをいうなら、近所中であれこれ詮索されていると考えて間違いはなかった。

裸で寝そべり、僕らは身体を触れあわせたまま、窮屈な姿勢でビールを飲んだり、じゃれあったりした。今までこうならなかったほうが、考えてみればおかしいほどだ。大家の若奥さんの話をすると、彼女はけらけらと笑った。身体が波うち、それが僕にも伝わる。

「ずいぶんと皮肉をいわれたのね」

「まあな。でも、今夜、彼女の期待に答えることができたよ」

「見せてあげたい?」

「できればね。そんな趣味が俺にあればだけどね」

そういってから、もっとビールを飲みたくはないか、素晴しい夜にしたいな、と僕はいった。

「取ってきましょうか。でもビールは二本しかないわ。ウイスキーならあるの」

「とんでもない酔っ払いだ」

ねえ、と裕子が筋肉で厚く締った僕の胸に顔をのせていった。髪がくすぐったかった。

「なんだ」

「あたし、どこかおかしい？」

男のことだとわかった。考えるふりをした。慎重に言葉を選んだ。まず、首を振った。それからいった。

「ただ、とっかえひっかえじゃ、疲れないか」

「かもしれないわ」

「それでいいと思っていたんだろ」

「ええ」

「俺ならしない」

「あんたはあたしじゃないわ」

「でも、自分でやっておいて、そんなことを喋ることはないだろ。違うか」

「かもしれないわ。ウイスキーと一緒にアキラをここで寝かせていいかしら」

「連れて来いよ。いや、僕も行こう」

「それともむこうで飲む？」

「いや、今夜はこっちだ。孤独な母親と息子をたらしこむ男になりたい」

ほんの冗談を口にした。彼女はそれが気にいった様子で、あたしもたらしこまれたいわ、といった。それから、明日、アキラがここで眼を醒ましたら、きっとびっくりするでしょうね、とつけ加えた。

＊

翌日は快晴だった。十時に眼が醒めた時には、裕子もアキラも起きていた。頭痛が少し僕を苦しめた。完全な二日酔いだ。あれから二人で母屋へ行き、彼女はビールとウイスキー、僕はアキラが眼醒めないようにそっと抱きあげてプレハブに連れてきた。タオルケットにくるむように寝かせ、それから何時頃まで彼女と飲んだろう。朝の陽が射しはじめる頃までだから、四時半頃か五時頃だ。そんなに飲んだのはひさしぶりだった。それから、僕らはまた発情期の動物みたいに皮膚をあわせ、彼女とパイプ製の簡易ベッドの上で眠った。愉しい夜だった。少なくとも僕にとっては。彼女もそうだったろうか。ペニスが入って、喜びの声をあげると、彼女はそれに気づいて、自分で自分の唇に指をあてたりした。そしてすっかり眠りこけているアキラを横眼で見、息子が何も気づかずに寝ているのを確かめると、僕を見あげて歯を見せて笑う。そんな仕種をする彼女がひどく魅力的だった。ひと晩でもふた晩でもこうしていたいわよ、と彼女はいった。他の男とは、と僕はきいたものだ。意地悪ね、行きずりよ、飲んでいて声をかけられればそのままだわ、向うは遊んだ気でいるの、遊んだのはこっちよ、と彼女は答えた。どうしてそんなことをしなければならないのか、俺にはわからなかったんだ。もしかしたら二十八で人生を降りる気かもしれない、と思っていたよ、と率直に僕は感じたままを口にしたりした。自暴自棄って奴？　と彼女は僕の眼の内側をのぞきこむような真剣な目差しになった。そうさ、身を持ちくずしたいのかってね。彼女は同じ眼つきのまま、それも悪くないわ、二十八で、と笑う努力をしながら頷いた。あんたとならもっとそうなってもいいわよ。御免だねと僕はいい、あたしも、と彼女は答えて、ふたりで身体をぴったり重ねあわせたまま、小きざみに皮膚を震わせて笑いあった。互いの震える皮膚が溶けあうようだった。

幼稚園の鳥たちは啼かなかった。アキラの規則正しい寝息だけが耳に届いた。三度もたて続けにするなんて、と彼女は愉快そうにいった。

――きっとどうかしたんだわ、あたし。

眼が醒めてからも、僕は昨夜のことを思いだし天井を見つめていた。そのあとで、ゆっくりと上半身を起こした。頭痛がひどくなった。おはよう、と僕は青や赤や黄色の原色のブロックで遊んでいるアキラに声をかけた。アキラはおはよう、と返辞をしたが、ブロックを組みたてるのに夢中になっていた。朝にでも向うから持って来たのだろう。

裕子は僕がひと月がかりで読んだ本の頁に眼をやっていた。本から視線をあげ、僕をまじまじ見た。

「どう、調子は?」

「上々だ。そっちは?」

「快適よ」といたずらっぽく眼配せして彼女は答えた。

「それはよかった」

僕はいい、頭痛を追いはらうように首を振った。そうしながら注意深く、彼女を観察した。男と遊んで帰って来た時の、あの内側から滲みでたような疲労のあとは、目蓋にも、声の調子にもない。安心した。安心してから思いあがりかもしれない、と思って見た。たとえ、そうでもいい。一ヶ月ほど前から、彼女が男と時間をすごして来るたびに、気だるそうにしているのをずっと感じてきたのだ。そうしてそれが彼女の内側から、自然に分泌されるもので、誰の手にも負えない、ということもだった。この一ヶ月に数度そんなことがあり、僕は見て見ぬふりをしてきたのだ。それが大人のやり方だとでもいうように、だ。

「今夜、花火大会があるの。行かない」

「どこでだ」

「ほら、郵便局の先のゴルフ練習場でよ」

「ああ、あそこか」

「毎年、やるんですって」

「あそこの経営者は市会議員だろ。今から票集めさ」

「そんなことはどっちでもいいわよ」

ゴルフ練習場での花火大会なんて、子供だましのようだった。

「ちゃんと花火師が来て、それなりに本格的なんですって。仕掛け花火もやるそうよ」

「誰からきいた」

「隣りの奥さん」

「今朝か」

「ええ」

教師の奥さんだった。中学か、高校かは知らない。三人の小学生の息子がいる女だった。

「オーケイ。行こう」

「やったね、アキラ」と裕子がブロック遊びに夢中の息子にいった。

アキラは、うん、といっただけだった。その前にアース・ホールという店でピザでも食べよう、と僕は誘った。

「いいわね。また一杯やりましょう」

アキラは青に緑の横縞の入ったランニングシャツと、半ズボン姿だった。

「その前に薬局に行きましょう。その発疹をなんとかしなくちゃ。うっとおしいでしょう」

「わかった。ピルは必要ないのかな」

「馬鹿」と彼女が例の本を閉じ、ステレオの上に置いた。

「よく寝れたかい」

僕はアキラにきいた。黙って頷く。

「どうしたんだ」

黙ったままだ。僕は裕子を見た。彼女は意味ありげに眼配せした。そっとしておいて、といったふうだった。僕はベッドに腰を降し、アキラの手つきを見つめた。照明室でストロボのレバーを、器用に集中力を傾けて操作していた邦博の手つきを思いだした。

あいつに似ているのかもしれない。不意にアキラが立ちあがった。プレハブを出て行こうとした。

「どこへ行くつもり」

裕子が声をかけた。

「向うのお家でテレビを観るんだ」

向うのお家か、と僕はアキラの言葉を反芻した。なるほどそうには違いない。ここは慎一くんの部屋だった。色とりどりのブロックを畳の上にほうりっぱなしにして、アキラはプレハブを出て行った。僕は煙草に火をつけ、むずかしい齢頃だ、思春期に違いない、と軽い気持でいった。

「そうね。今朝、あの子が先に起きていたの。それで、どうしておかあさんは、慎一さんのベッドで寝ているのって、きくのよ」

なるほどな、無神経だったかもしれないなと僕はいった。すると裕子が、今晩はあたしだけがこっちに来るわ、といい、顔でも洗ってきたら、とすすめた。

「そうする」

「そのあとで薬局へ行きましょう」

この二ヶ月、毎朝、そうだったように、僕はコットンのズボンをはき、サンダルを突っかけて、「向うのお家」へ行った。玄関を入ると、アキラがテレビのアニメを見ていた。リバイバルもので、アキラが生れるずっと以前に放映していたものだった。アキラが僕をちらりと見、すぐテレビに視線を移した。僕は黙って台所から風呂場に行き、顔を洗い、僕用のハブラシで歯をみがいた。考えてみれば、アキラと親しく口をきいたのは、ゆうべぐらいなものだった。

薬局へ行ったり、花火を観てその帰りピザを食べに行ったら、僕は本当にあいつの父親に見えるかもしれない。あたかも僕は父親らしくふるまうというのか。陽気に明るく、お芝居をするというのか。

うがいをした。プレハブに戻る時、まだ、アキラはアニメを見ていた。

以前、裕子がどうしてビデオを買わないの、といったのを思いだす。ほら、すぐそこに出来た、ビデオのレンタル屋はずいぶん繁昌しているじゃない、と。そこは元は雑木林で、あっという間に木が切り倒され、地ならしされ、大手のチェーン店のビデオ・レンタル屋になった。五階建ての建物で、レンタル屋の上はマンションだった。夜中でも若者でにぎわっていた。

あの時、僕は、残念だけど映画館のほうが好きなんだよ、と答えた。

——それに野球場とでしょう。どうしてなの。

説明してもわかるだろうか、と思った。しかし僕は話してみた。ひとりっきりになりたい時は、どっちかへ行くことにきめているのだ。と。案の定、彼女はけげんな表情をした。

——どうしてなの。だってひとり暮しじゃない。

——違うんだ。うまく話せないけれどね。

おかしな人、と彼女はいい、喋ってみてよ、と迫った。つまり、と僕はいった。大勢の無関係な人々の中にまぎれると、本当にひとりになった自分がいるんだよ。みんな僕に無関心だし、僕も他人に無関心でいれる。

裕子はじっと聞き、おもむろに、スーパー・マーケットじゃ駄目なの、ときいた。

生活的な場所の話をしているわけではない、仕事が終って、自分の時間に戻って、さて、という時さ。裕子が、鼻で笑って、たいしたことじゃないわ、といった。

そのとおりだった。たいした自由でも、たいした孤独でもなかった。けれど僕には何万という人間の大騒ぎと、何十人かの中での二、三時間の沈黙は必要だった。誰が何といおうとだった。

プレハブに戻ると、裕子がベッドに、カバーをかけていた。

「しなくていいよ」と僕はあがりこんでいった。

「だって、あたしもひと晩寝たんだから」

手を休めずに彼女は背中を見せていった。

「好きじゃないんだ」

「わかっているわ。だから洗濯だってしないし、あんたの食事も作らないわ」

「そうしてくれ」

昨夜ひと晩のことで、そんなことをされたら、たぶん僕は息苦しくなるだろう。これまでの女友達との経験で、充分知っていた。

彼女はベッドカバーをかけ、テーブルの前に坐っている僕の所へ来た。畳に坐った。空腹を感じなかった。アルコールで胃がしたたか痛めつけられたのかもしれない。そ

んな性格であたしたちによく向うの家を貸してくれたわね、と裕子が、矛盾している
とでもいいたげに口をひらいた。
「洗濯まで頼んだわけじゃない。それに、家賃は折半だし新しいアパートでも見つけ
れば引越すんだろ」
「ええ、そのつもりよ」
裕子がメンソールの煙草を吸った。
「このプレハブと向うの家には前誰が住んでいたか、話したか」
「いえ」
「酒乱の夫とその母親と、新興宗教にこっている神経症の女房と幼稚園の娘さ」
「珍しくはないわ」
「まあ、聞けよ。夫は毎晩、酒を飲んで暴れるし、奥さんはこのプレハブを信者の集
会場にして、カーテンは閉めっぱなしで、一歩も外へ出なかったそうだよ。ここの物
件を見に来た時、その奥さんは僕を見てずいぶんおどおどしていた。不動産屋と一緒
に来たんだが、青ざめた顔で、信者になるように僕にすすめたものさ」
「それでどうしたの」
「不動産屋が、まあまあ、ってさ」

「あたしみたいに別れてしまえばいいのに」

「できなかったから、小さな宗教にしがみついたんだろ」

裕子がベッドの上の窓から見える幼稚園のドーム式の鳥籠を眺めた。聞きたがっていなかった。あの時、不動産屋と一緒に外に出てから、プレハブつきで本当に三万六千円の家賃か、ときいた。不動産屋の男は大きく頷ずき、そのあとで夫婦なんてものは全く、わからない、あなたもいずれは結婚するんでしょうがね、といった。

「そんなことより、さっきの隣りの奥さんだけど、なんといったと思う」

「さあな」

咽が渇いた。天気は暑くなりそうだ。

「昨夜はおたのしみだったわねって」

「ピーピングトムめ」

「今度は、あたしの知っている人の話をしていい？」

「愉快な話だろ」

「家庭内離婚をしている人の話よ」

「はやりじゃないか」

「そうね」

彼女が話の腰を折られて、メンソールの煙草を灰皿にもみ潰した。

「話せよ」

「やめておくわ」と裕子が物柔らかい声をだした。よその夫婦のことをいえた義理じゃないわ、と続けた。

「薬局へ行こう」

そもそも、ここの借家の前の住人の話をしたのがきっかけなのだ。僕はきびきび動くように努めた。日曜日だ。どんなに夏がぶり返し、暑さがつのっても、今日は日曜だ。

明日、僕は従業員十二人の会社に出社し、朝、あちこちの得意先の文房具屋やファミリー・マートに電話を入れ、新製品のコピー器やファクシミリの説明をし、購入をすすめる。何軒もダイヤルを回し、同じことを繰返し喋り、脈のありそうな所には車で出かける。

それを次の週末まで続けるのだ。大事な日だ。

「アキラも連れて行こう」

裕子が「向うの家」へアキラを呼びに行った。邦博のことを思った。あいつも、新しい女と日曜を愉しんでいるかもしれない。あいつも？　新しい女？　その言葉を僕は、俺も？　裕子も？　と置きかえてみた。苦笑がこみあげてきた。

立って、Tシャツを着た。窓から幼稚園が見えた。プールはカバーがかけられている。ひっそりとしていた。昨夜のことを思った。あたたかい彼女の肉体と、安心しきった息づかい。ベッドのパイプがぎしぎし軋む音。何度でも彼女の中に入りたかった。あの時、僕は、今まで僕が知っていたのとは違う、新しく、みずみずしい部分を彼女の内に発見したような気持だった。それが持続するのを僕は願った。けれども、と僕は考えた。ここは「慎一さんのプレハブ」で、母屋はアキラの言葉どおり、あくまで「向うの家」だった。

＊

三人そろって、ひとつ向うのＪＲの駅まで出かけた。日曜の昼間の駅はひどく混雑し、駅ビルも同様だった。とりあえず、駅ビルの広い薬局で、アンモニア水を買い、念のため化膿どめも買った。女の薬剤師が、普通、クラゲぐらいでは、こんなになりませんよ、といった。ネ、そうでしょう、と裕子はあいづちを打った。

「奥さんも刺されたんでしょう」

「ええ、そうなの」

まじまじと僕は彼女の顔を見てしまった。よっぽど皮膚が弱いのかもしれませんね、とその背の低い女はいった。

代金を払い、店を出た。奥さんは皮膚がぶあついに違いない、と僕はアキラを真ん中にし、弾力のある小さな指を握っていった。

「どの言葉に力を入れたの」

うきうきした調子で裕子が問い詰めた。

「勿論、皮膚さ」

「そうじゃないとよかったのに」

彼女はあいかわらず、陽気に声を弾ませて意味あり気に僕を見た。陽気さは元々彼女の内に備わっているものだろう、と感じながら、実は俺もさ、と僕はいった。裕子が口を噤んだ。気まずいものではなかった。本気なの、といった顔だった。黙ったまま僕も頷いた。アキラの歩調にあわせ、日曜の駅ビルを歩く。また彼女が僕の心を探るように、視線をむける。ふと僕はいった。

「でもそう考えただけで、素晴しいじゃないか、って言葉があるよ」

「なによそれ」

「僕の読んでいた本のおしまいに、主人公がいう台詞さ」

本当はその前に女友達がいうのだ。あんたと一緒にいればこんなに楽しく暮せたのにね。彼は答える。でも……と。

「たいしたものだわ。本の主人公になれるなんて」

しかし僕は、物事を現実的に考え、現実的に処理することのできる青年だ、と自分を信じていた。話をはぐらかしたことを後悔しなかった。

「でも考えるだけなら誰の害にもならないわ。薬局のおばさんにとっても」

「やめよう。気の利いた話はやめだ」

僕らは駅ビルの雑踏を抜け、長い下りのエスカレーターで、広いロータリーに出た。ゴルフ練習場でやる花火大会には充分時間がある。ロータリーはぐるりとバスの停留所になっていて、陽射しをさえぎるものは何もない。コンクリートがむっとしていた。いったんこもった暑さが、地面から立ちのぼるのはとても不快だ。通りは広く、ビルが建ち並んでいた。アキラは上気した顔をしていた。

三歳の子供を連れてどこへ行ったらいいのか、僕には見当もつかない。そんな僕を見抜いたように、裕子がいった。

「また、野球場にでも行きたくなったんじゃない」

薬局を出たあとに交した会話に、こだわりを持っていない声だ。

「そうだな。今度、デー・ゲームに行こうか。それならアキラも大丈夫だ」

「ひとりっきりになりたいんじゃないの」

「茶化すなよ。アキラと行きたいんだ」

僕らは通りをぶらぶらし、本を一冊買い、その本屋の二階にある喫茶店に入った。裕子と僕はチーズ・ケーキとコーヒーを頼み、アキラはチョコレイト・パフェを頼んだ。スプーンでチョコレイト・パフェを口に運ぶアキラを僕はしげしげと見てしまった。

「どうしたの」と裕子が僕にいった。

「いや、こんなものを食べるアキラを見る自分が信じられないんだ。僕には縁のない食べものだからな」

「ビールにすればよかったわ」

裕子は僕の言葉を理解したのか無視したのかわからない、いい方をした。本当だ。ビールにするんだった。日曜の昼のビールは最高だった。

薬局を出たあとの話は、お互い避けていた。話した所で仕方もなかろう。今が充分なら、それでよかった。

喫茶店を出たあと、映画館通りにさしかかった。その前は公園で、映画館街の角にはグリーンボックスと看板をかかげた不動産屋があった。大層な建物で、オフィスは全面、硝子張りだった。白のブラウスと黒のタイトスカート姿の若い娘たちが十数人も人や電話と応対している。もし、店の前の四、五メートルはあるモミの木に、物件の紙をはった家型の札が下っていなかったら、とても不動産屋とは思えなかったろう。ごていねいに、モミの木には豆電球の線がぐるぐる巻いてある。夜になったら、色とりどりの電球が点るのだろう。年中、ここばかりはクリスマスというわけだった。

アキラが公園で遊びたい、とせがみ、僕は手をつないでそっちへ歩きかけた。裕子がモミの木の下に立ちどまった。公園へ行きかけた僕は、振り返って彼女を見た。裕子が家型の物件をはった、緑の板切れのひとつを手に取っていた。真剣な目差しだ。その向うに、明るいオフィスがあった。生き生きとした娘たち。なるほど、グリーンボックスか。どうせなら娘たちの制服も、黒ではなく緑のタイトスカートにすれば完璧なのに、と僕はたあいもないことを考えた。

「公園に行こうよ」とアキラがせがんだ。

「どうした」

僕は物件に見入っている裕子に声をかけた。

「さきに行って」

「わかった」

アキラと僕は公園へ入った。アキラはすぐ砂場に行った。僕はベンチに坐った。それは陽で焼けていた。グリーンボックスにいる彼女のほうはあえて振り返らなかった。本腰を入れて、家捜しをするのかもしれない。もし、適当な物件が見つかったら、アキラと引越すのだろう。それが約束だった。

もしそうなったら、「向うのお家」は僕の家に戻る。大家の若奥さんは今度は、どういうだろう。いずれにしてもだ。すべては彼女次第だ。アキラは砂場で、見知らぬ子と一緒に夢中になっている。裕子はなかなか戻ってこない。僕は振り返って、グリーンボックスの建物を見た。全面硝子張りのオフィスの中に裕子は入っていた。光が硝子に反射していた。その中で若い女子事務員と裕子が話している。視線を戻し、脇目もふらずに砂とたわむれているアキラを見た。彼女次第だ、と思ったばかりなのに僕はふたりがあの借屋から実際にいなくなることを、考えたくはなかった。

七、八分たって、裕子がグリーンボックスから出て来、公園まで来ると並んでベンチに坐った。しばらく無言のまま、ふたりでアキラを眺めた。

「いい物件は見つかったかい」

僕はたずねた。

「いいえ。とても高すぎるわ。売りマンションばかりだし」

「そんなにあせることはないだろ」

僕はさり気なく裕子をうかがった。あんな不動産屋じゃ無理だわよね、と彼女は声を落していった。視線はアキラに行っていた。

「なあ、ゆっくり捜せよ」

「そうもいかないわ」

「俺のことなら気にしなくていい。プレハブで充分さ」

光の中で彼女は僕を見すえた。昨日まで不動産屋めぐりをする気配などなかったではないか、といおうとした声が咽でつっかえてしまった。本当はひそかに、新しい住いを捜していたのかもしれなかった。彼女はまだ僕を見すえている。さり気なく、かわすつもりで僕はいった。

「どうした。何かいいたそうだぞ」

「あんたはずるいわね。小説の話なんか持ちだしたりして」

さっき、駅ビルで僕が話をはぐらかした時のことをいった。詰問の口調ではなかった。

「そのことなら……」

「いいのよ。二ヶ月も甘えたわ。邦博と別れた時は、男なんてものには金輪際、頼らないつもりだったのよ。一週間か十日、世話になるつもりだったのに、海にまで一緒に行ったわね」

彼女の話は急だった。朝にもそんな素振りはなかった。そのことを僕はきいた。

「気分屋なのよ」

裕子はいった。他人を傷つけまいとするいい方だった。

「今夜もひと晩、プレハブでセックスをしたくないか」

僕は気のいい、のん気なことをいった。彼女の中に起きた感情の起伏に気づかないふりをした。どの男とも一緒くたにしてほしくはなかった。

「いいわよ。したいわ」

彼女はふざけようとする調子でいった。

「部屋は、とにかくゆっくり捜せばいいよ」

砂場にいたアキラが、光の中で顔をあげ、ふたり並んでいる僕らを確認するように見て、満足気に笑いかけてくる。日曜の公園。どこから見ても、僕らは若くして家庭を持つことを決心した男と女に見えるはずだ。悪くはなかった。邦博にはただそれが重荷だったのかもしれない。それはわからない。あいつは女のこと以外深いいきさつは喋らなかったし、他人に話すなら、新しい女ができた、で充分だろう。しかし、邦博のことはもはやどうだっていいことだった。

「今朝、お隣りの奥さんの話をしたでしょう」

「ああ」と僕は間抜けた声をだした。

「どうして一緒に暮さないの、ちょっと変じゃない、ってなれなれしくたずねるのよ」

「どう答えたんだい」

「今まで別居していたんですって、答えてやったわ」

「別居か」僕は地面を蹴り、隣りの奥さんの顔を思いうかべた。僕ひとりの時は会話もしたことがなかった。「それで」

「根掘り葉掘りきくのよ。籍はまだ入っていらっしゃるんでしょうって、そんな調子よ。だから、わけがあって二ヶ月前からここに来たんですけど、家庭内離婚しています、って答えてあげたわ。サービスのつもりよ」

なめらかすぎる話し方だ。半分は作り話かもしれないと僕は思った。そう考えたほうがよさそうだ。

「でも、あちらのほうばかりは困るわね。男と女って、仕様がないわね、と話したら喜んでいたわよ。あの人が知りたかったのはそれよ」

あたりをはばからず僕は大笑いをした。作り話でもよかった。

「子供ができたら、どうしようかしらって、逆にきいてみたわ。若いから、なんとかなりますよ、ですって」

「傑作だな」

僕がいうと、分別を持っていると信じている人にはかなわないわ、と裕子は微笑んで首を振った。

「その分別が、どの世界でも正しいと信じている人はもっとよ」

僕は、ベンチから両足を地面に長々と伸し、やっぱり新しい住いはのんびり捜せよ、といった。きっといい所が見つかる、と。そして、アキラは疲れ知らずだな、と話をかえた。

「今度、本当に、デーゲームの野球に連れて行こうかな」

「友達の元の女房の子供として。愛人の子として。それとも、家庭内離婚中の女房の子として。そのうち、どれなの」

冗談のつもりでだろう。彼女がきく。

「答えなさいよ」

「愛人の子としてさ」

「素晴しいわ。そう考えただけで素晴しいわ」

「やめろよ。やりこめる気か」

「あたしの理想だわ」

男とすごして帰って来た時の彼女を思った。

「何が理想だよ」

すりきってしまうのだ、そう望んでいるのかもしれない、と男の体臭を身にこびりつけている時の彼女を見るたびに、僕は思ったものだ。あんたこそ、と彼女はいった。しかし声は穏やかだ。

「野球場でひとりっきりの自分を愉しむといいのよ。マスターベーションみたいに」

「わかった」

「なにが」

「喧嘩も、いいあらそいも、皮肉も、喋りたくない」

今日は日曜なんだ。僕は自分にいってベンチを立った。アキラの所へ行った。砂場は深かった。砂の中に入って、アキラの前にしゃがんだ。いいか、今日は日曜なんだ。

アキラ、と僕は、声をかけた。自分の子供を見守っている母親がふたり傍に立っていた。ふたりとも三十すぎだ。アキラが僕を見あげた。

「そろそろ帰ろうか」

「まだ遊びたい」

「それじゃ、二十分だけだ。花火大会も見たいだろ」

「うん」

「よし、約束だぞ。二十分。慎一くんはおかあさんとあそこで待っている」

僕はベンチに取り残してきた裕子を指さした。彼女はじっと僕らを見ている。

「おかあさんが好きなの」

今朝のことをたずねているのだ、とわかった。ためらわず、僕は答えた。

「ああ、好きだ。だから、朝、ベッドでふたりで寝ていただろ」

傍にいたふたりの母親が、明らかに驚ろきの顔で、こっちを見た。気にしなかった。世間の眼などどうでもよかった。鳥は夜に眠り、啼かないものだ、と教えてくれる世間など。

「そうだろ、アキラ。朝ベッドを見て、わかったろ」

「そうだね」

唇をほころばせた。

「でも、おかあさんにも話したの」

「ませてるな、おまえ。これから話してくるよ」

僕は立ちあがってベンチに戻った。彼女はおずおずもしていなかったし、トゲトゲしい表情も消えていた。並んで坐った。強く、むせるように彼女そのものを感じた。

おまえの息子に話してきた、と僕は真っすぐ切りだした。

「慎一くんは、アキラのおかあさんが好きだって」

「また。いいかげんな話なんかして」

「結婚もしていないのに、別居だし、家庭内離婚だ。おもしろいじゃないか。そんなふうに暮していかないか。どうだい」

裕子は口を噤んで前を見ていた。たくさんの子供たちが、黄色い声をはりあげて遊んでいる。おもむろに彼女がこっちを見た。

「今夜、ピザを食べに行く、アース・ホールって、どんな店」

「変り者のマスターがひとりでやっている。昔のジュークボックスが置いてあって、突然行ってもピザは作ってくれない。電話を入れて予約する」

「窮屈な場所？」

「いや、前もって注文しておくのはピザだけだ。ステーキなら、予約なしでも大丈夫さ。僕はステーキとピザだ。それにワイン。ワインはグラスで」

自分のことを喋った。自分の食べたいものや、飲みたいものだけを喋るようにした。

「デザートは?」

「アイスクリームだ。忘れていた。マスターの手作りパンも食べる」

「ギネスは?」

「ある」

「そんなに、たくさん食べることができて?」

「できる。底なしの胃袋だ。マスターは無口で、何より客が少ない」

「客商売がへたなんじゃない」

「そのとおりさ。でもまずい食べものはひとつもない。いい料理人さ。作り方は丹念だし、熱心だ。無口で変り者だから、客は寄りつかない。どっちをとる。愛想良くできないからって、彼の料理には関係がない。両方にいい顔ができないなら、俺なら彼のようにひとつだけに力を注ぐ」

「ずい分、お喋りね。きっと、そのお店が好きなのね」

「ああ。マスターだって、悪い人間じゃない。食べものの味ですぐわかる」

「ええ、そうでしょうね。ジュークボックスは聴けるの」

「たぶんね。頼めばやってくれるだろ」

「聴けるといいわね」

「ああ。頼んでみる」

「何を聴くの」

「花のサンフランシスコ。ザ・ピーナッツだ」

彼女がやっと笑った。

「行くかい」

「花のサンフランシスコを聴きたいわ」

「それで、結婚もせずに家庭内離婚をする。いい考えだろ。アキラにもきっと俺たちのことがわかる」

「口説いているの」

裕子がふざけた。

「そうだよ」

「でも」真剣にいった。

「まだ、他にあるのかい。喋り疲れた。口説くのも楽じゃない」

「その前に、アンモニア水を塗りましょう」

「ああ、わかった」

彼女の前に僕は発疹のできた腕をだした。それは光を浴びて、赤く、生ま生ましく浮きでていた。彼女が小瓶に入ったアンモニア水を取りだす。

「問題は山積みよ。あたしはもう結婚は厭よ。知ってるからあんたは今そういったんでしょうけど。きっと他人にはいいかげんな、気楽な、今時の若い者に見えるし、その分、こっちは気楽じゃないわよ。あんたの両親だって……」

「早く塗ってくれよ」

促しながら僕は、自分の大切な両親を、納得させることができないほど、だらしのない二十五年間を、送っては来なかった、と思った。ゆっくりと、静かに、しかし言葉に力をひそめてそう話した。

裕子がアンモニア水を塗ると、発疹がすこしぴりぴりとした。彼女が塗りながら、顔を近づけ、耳元でささやいた。

あんたはとてもいいわよ。あんたのペニスも。

「そいつは何よりだ」

その場で僕は彼女を抱きしめたかった。

二十分たち、アキラを呼んで、服の砂を裕子が手ではらい落した。公園を横切って駅へ向った。人通りは衰えていなかった。夕方になってもそうだろう。アキラは疲れも知らずに歩く。ロータリーには、靴みがきの男が路上に坐り、宝くじ売りの老婆が人々を眺めていた。

*

六時にアース・ホールで食事をした。客は僕ら三人の他に、若い恋人同士が、隅のテーブルに坐っていた。アース・ホール。野球場に行く度に、僕はこの店の名を思いだす。内野席の上段から見ていると、野球選手はまるで、地球のくぼみでプレーをしているように見える。幸い、ジュークボックスは電源を入れるだけで、他に故障はなかった。マスターに頼むと、エプロン姿で、テーブルの下にしゃがみこみ、黙って電源を入れてくれた。花のサンフランシスコを二度聴いて、僕はたっぷりと食事をした。気に入ったわ、と裕子はピザと手作りのパンを食べていった。恋人たちは話に夢中で、他のことには関心も示さなかった。アキラは食欲旺盛だった。

一時間半かけて食事をし、それから歩いて十五分のゴルフ練習場に行った、人でごったがえしていた。花火はもう終りに近づいていた。僕らは芝生の上に坐り、次々と打ちあげられる、それらを見あげた。空中で花火がひらくと、屋根の緑のフェンスが照らされ、なんだか、檻の中にでもいるような気がした。顔だけ知っている近所の人々や子供たちがいた。例の隣りの奥さんの姿もあった。立ち話をしながら、僕らのほうに時々、視線をくれた。ある日不意に、二十五の男の所へやってきて、そのまま住みついてしまった息子のいる女の噂でもしているのかもしれない。勿論、そうではないかもしれない。

アキラは、屋根のフェンス近くでひらく花火をうっとりと眺めていた。その間に時々、仕掛け花火があり、ひどい煙りがたちこめる。拍手、喚声、喝采、そして嘆息に近い声が満ちる。今夜、僕は両親に正直に手紙を書く。すぐに賛成はすまい。けれど僕はあきらめないだろう。友達をひとり失った。本を一冊読んだ。彼女がいうように、僕らがどんな眼で見られるかは、いくらでも想像がつく。クラゲの残した傷。鳥は夜にでも啼く。そしてだ。夏は、花火でしめくくられる。プレハブは慎一くんのプレハブではなく、ただのプレハブになる。「向うの家」もそうだ。それはただの家になる。

母は結婚もしないつもりか。籍も入れないのか、というかもしれない。いうだろう。

今のところはです、と僕は手紙に書く。でも、そのうち気が変るかもしれません。それに僕は特別な人間でも、特別なことをやろうとしているのでもありません。わかってもらえないかもしれません。しかし、息子はすでに、二十五なのです。

僕は粘り強くならなければならない。それだけなら、たいしたことではない。

いつの間にか、隣りの奥さんが近づいてきて、裕子に話しかけている。ひっきりなしに打ちあげられる花火と人々の騒めきの中で、会話が切れ切れに聞こえる。

今夜はご一緒なのね。

元々、そんなに問題があるわけではないのでしょう。

昼、公園で裕子が、家庭内離婚をしているとか、今まで別居していたとか、適当にあしらったのは本当だったようだ。

気さくで、若くて、いい御主人じゃない。でも、若い人はいいわ。結婚なんてねえ、あたしも子供が三人もいなければ、あなたがたみたいにするわ。

何か御不満でもおありなんですか、とはじめて裕子がいった。

いいえ、そんな、なにも。

それなら、いいじゃありませんか。

話はそれでおしまいだ、というふうに裕子の声はきっぱりしていた。僕はアキラと一緒に夜空を見あげ、たった今、打ちあげられたばかりの四色に変化する花火を見あげた。屋根のフェンスすれすれに調節して花火師は打ちあげていた。色が変るたびに、ふたたび、拍手と喝采が入りまじる。

「腕はどう」

裕子が声をかけてきた。

「さっぱりしているよ」

「あとで、帰ったら、もう一度塗りましょう」

「自分でやる」

「いいわよ」

一呼吸おいて彼女がいった。

「プレハブを引きあげたら」

「しばらく、このままがいいな」

「そうね。なにしろ」と彼女が言葉を切った。

続きの言葉は聞かなくともわかった。大嘘つきの家庭内離婚ですものね。そうさ、と僕は、腕の中に言葉をしまいこむように、声にせずにいった。自然に、なるようになるものがあればそれでいい。

もう一度、四色の花火があがり、周囲は喚声に包まれた。アキラが、青、赤、黄、白、と色を指折り数える。

「ひとりっきりになりたい時は、映画でも野球場にでもどこにでも行って」

「あたりまえさ」と僕はいった。

幼稚園の鳥たちは、今夜も啼くだろうか。啼くだろう。生涯、とじ込められ、昼の喧噪にかりたてられ、夜になって、ひと息つく。解放される夜。けれどこのゴルフ練習場のフェンスの中にいる僕たちと、どこが違うというのだろう。

しかし、僕はもうそんなことを考えるのはやめた。それは、今の僕らにふさわしくはない。裕子が何かいった。喚声にかき消された。

「え」と僕は叫んだ。

繰返した。人々の騒めきの中で耳を澄した。花のサンフランシスコ、よかったわね。と彼女はいったのだ。僕は夜空を見あげているうっとりとしたアキラの肩越しに、頷いた。

解説　陽の光は消えずに色を変える

堀江敏幸

佐藤泰志の世界は、同時代の、つまり一九八〇年代に活躍した何人かの書き手の、だれとも似ていない。これは不思議なことだ。だれとも似ていないのに、当時の空気が目に見えない内分泌液になって、あちこちに染みわたっている。みなが前がかりになっているときに、下を向くだけでなく後ろを向かなければならない自分を、あるいは、流れに逆らって後戻りしなければならない自分を見据えていた者の焦りや怒りが、文章単位では明るく小気味のいいリズムのなかから、ふつふつとわき出してくる。

本書『大きなハードルと小さなハードル』は、佐藤の死の翌年、一九九一年三月に刊行された短篇連作集で、第一部に五篇、第二部に二篇がまとめられている。個々のタイトルには、どこかしら翻訳文学の響きがある。タイトルだけではなくその語り口にも、外の血が入っている。たとえば第一部の冒頭「美しい夏」は、ただちにパヴェーゼの中篇を呼び寄せるのだが、あえてイタリアの作家と同題を付したところに著者の意図を読んだとしても、大きな間違いにはならないだろう。地中海的な暑さとやりきれなさと倦怠感に若さの酸味が加わっているパヴェーゼの息づかいが、独自の変奏を経てここにも見られるからだ。

「まだ七時なのに眼が醒めてしまった。路地に面した窓から朝日が射しこんで、シングルベッドに光恵と並んで横たわっている秀雄の裸の胸を、透明な緑色に染めていた。大つぶの汗が滲んで息苦しいほどの暑さだ。犬のようだ、齢取って、ものの十歩も走るとぜいぜい肩で息を切らせ、物哀しげに路面を見つめて立ちどまる犬のようだ。そう思いながら大きく息をついて天井を見ていると、秀雄はそんな生きものになぞらえた自分にすぐ怒りを覚えた。濃いけばけばしい緑色のカーテンにも腹を立てた。安っぽく、いやらしい色だ。毎朝、眼醒めるたびに緑色に染った部屋と自分を見るのは不快だった。」

佐藤泰志の世界を凝縮するとこういうかたちになる、と言いたくなるほど鮮やかな幕開けである。タイトルですでに夏が明示されているから、午前七時に朝日が差し込んでいる状態は読者にも自然なこととして受け止められるのだが、「眼が醒めてしまった」という第一文には主体が記されていない。おそらく一人称が隠されているのだろうと脳内処理をして第二文に進むと、日本語的な主語の省略はあっさりと否定され、裏切られる。そればかりではない。ここには小説を構成していくうえでの大切な細部が、ぎっしり詰まっている。第二文では一人称が消えて、秀雄と光恵というふたりの登場人物を外から眺めている語り手が介入してくる。路地に面したあまり条件の良くない、おそらくは狭い部屋のシングルベッドで身を寄せ合っている男女に、緑色の光線が当たっている、という状況を上から眺めて、すべて把握している語り手が存在しているのだ。

ところが第三文、「大つぶの汗が滲んで息苦しいほどの暑さだ」でふたたび語り手は半歩退く。暑さを説明する語りと、暑さを感じるこの文の主体の半々にわかれて、あいだに挟まれた第二文の、簡潔だがながくもある説明を後方から支えている。つまり、第一文と第三文を機能させているのは、作中人物の視点になりきった、三人称かららとらえる一人称なのだ。特異な手法ではない。通常、小説書きと呼ばれている人たちは、このように三人称の心情を適宜一人称で語らせ、走らせる。多くの場合、語りの視点の介入に対して、かなり無防備なままで。断っておけば、無防備と無意識はべつものである。佐藤泰志の小説に、無防備さはない。言葉のリズム、文章の拍に気を遣っているうちに、一般読者からすればなんの歪みもない高度なレンズの出し入れが無意識に行われている、ということだ。そして、無意識にそのような文章を書いていることを、書き手は「意識」している。だから続く第四文で自分が犬のようだと呟く主人公のなかにふたたび入り込み、犬に自分をなぞらえたことに「怒り」を覚える、と書かずにはいられないのである。

怒りを覚え、腹立たしさを感じる。挙措や言葉遣いで外からわかることもあるけれど、それらは本来、怒っている人にしか、腹を立てている人にしか捉えられない感覚であり、語り手がどれほど繊細であっても、「怒り」「腹立たしさ」と書いた瞬間、それは冗長な言葉にすぎなくなる。佐藤泰志は、それを本能的に避ける。いや、避けられないから、薄く引き延ばす。「安っぽく、いやらしい色だ。毎朝、眼醒めるたびに緑色に染った部屋と自分を見るのは不快だった」と、ふたたび架空の一人称に入り込む自在な間接話法によって、前文で顔を出した語り手の影を少しだけ弱める。

先々の展開を考えなければ、第一段落は「僕」や「俺」といった一人称で語り替えても成立するだろう。しかし佐藤泰志はそれをしない。「最悪の夏の朝だ」と嘆きたくなる気持ちを「美しい夏」というタイトルで封じ込めるために、一人称と三人称のあいだをとって、なまぐささを抑える。しかも語り手の視野は、シングルベッドのうえだけにとどまらず、もっとひろくとられている。彼は、語り手は、読者より先に知っているのだ、犬の比喩が高校時代の思い出や部屋のゴキブリやそれを喰らう蜘蛛のような生きものにつながることを。緑色のカーテンのけばけばしさや「いやらしさ」が、光恵の犯した過ちに照らし出された秀雄自身の心象であることを。冒頭でエキスを抽出しておいて、あとはそれを大事に使う。この書き方が、本書の第一部では、夏という季節や理由のはっきりしない苛立ちとともに、効果的に反復されていく。

連作五篇は、秀雄と光恵の物語を時系列で追うようにつながれている。「野栗鼠」では陽子という名の娘が生まれるのだが、最初に提示された苛立ちは、ふたりの暮らしが家族になっても、まだ秀雄の臓腑を揺らしつづける。郷里の海、溺死体、ロープウェイのある山。浜で耳にした溺死体の話は、光恵の流産や、山で出会った栗鼠の怯えと重なって全体の不安を増幅する。やがて秀雄はアルコールに冒されて暴力をふるうようになり、夫婦のあいだに溝をつくるのだが、それを自力で克服し、焦りの根を少しずつ断とうする。

第二部の「鬼ヶ島」になると、語りは一転、一人称の「僕」に担われる。言葉の拍動は変わらない。しかし視点が「僕」に統一されることで、第一部よりも行間の揺れが少なくなり、光の質が変わっている。高校の同級生の妻だった子連れの女性との同棲を通じて、「僕」は父親の役割を三年八ヶ月演じて別れたあと、養護学校で教師をしている女性と暮らしている。彼女はかつて兄と禁断の関係にあって、兄の子を堕ろした過去を持っている。「僕」は会ったことのない兄の影をいつも彼女の向こうに見て苦しむ。この疑似家族としての人物関係は、最後の一篇「夜、鳥たちが啼く」にも設定を変えて持ち込まれているのだが、「美しい夏」で示された物語の核も、種子となってところどころに埋められている。「プレハブは閉めきってあったので空気がよどんでいた。いそいで窓をあけた。息が詰って汗が滲み、疲労が全身の皮膚から吹きだしそうだった。窓は幼稚園側にあり、窓下にはパイプ製の簡易ベッドが置いてあった」という、重苦しい一節は本書の冒頭と響き合っている。

しかし、こうした負の現状認識だけで終わっていたら、また、いつまでたっても揺れを否定的に見る書法に留まっていたら、佐藤泰志の世界がこれほど胸を突くことはなかっただろう。子持ちの女性と、結婚をしないまま家庭内離婚をする「夜、鳥たちが啼く」の、そんな冗談混じりの設定を包んでいた緑色の光は、やがて夜空に打ち上げられた四色の鮮やかな花火に塗り替えられる。虚構の家族にしかない弱々しい光が、夜を打ち消す強い光になってひろがるのだ。全篇を読み終えると、読者は第一部の五篇の光がいつのまにか変わっていたことに気づかされる。怒りも腹立ちも安っぽさもいやらしさも抱えたままで、作者も、語り手も、登場人物も、もちろん読者も、みな顔を少しあげて前を向きはじめる。無理にハードルを跳び越えなくてもいい、それしかできないのであれば、ハードルとハードルのあいだの空間を、ただまっすぐ、架空のゴールまで歩いていけばいいと思えるようになるのだ。最初から飛ぶ必要はないと思うのは、逃げにすぎない。そういうことなら、だれにでもできる。ハードルのならぶ道に立ち、困難の度合いを肌で確かめてから、全力をもって諦める。呼気に染められたカーテンが負から正へ変わったとき、佐藤泰志の言葉は朝日よりもつよく輝きはじめるだろう。

本書は一九九一年三月、河出書房新社より
刊行された単行本を文庫化したものです。

初出

I

「美しい夏」　「文藝」一九八四年六月号

「野栗鼠」　「文藝」一九八五年九月号

「大きなハードルと小さなハードル」　「文藝」一九八七年文藝賞特別号

「納屋のように広い心」　「文藝」一九八八年冬季号

「裸者の夏」　「群像」一九八九年五月号

II

「鬼ガ島」　「文藝」一九八五年三月号

「夜、鳥たちが啼く」　「文藝」一九八九年冬季号

大《おお》きなハードルと
小《ちい》さなハードル

二〇一一年 六 月二〇日 初版発行
二〇二二年 七 月三〇日 2刷発行

著　者　佐《さ》藤《とう》泰《やす》志《し》

発行者　小野寺優
発行所　株式会社河出書房新社
〒一五一-〇〇五一
東京都渋谷区千駄ヶ谷二-三二-二
電話〇三-三四〇四-八六一一（編集）
〇三-三四〇四-一二〇一（営業）
https://www.kawade.co.jp/

ロゴ・表紙デザイン　粟津潔
本文フォーマット　佐々木暁
本文組版　株式会社創都
印刷・製本　中央精版印刷株式会社

落丁本・乱丁本はおとりかえいたします。
Printed in Japan ISBN978-4-309-41084-5

ひとり日和

青山七恵　41006-7

二十歳の知寿が居候することになったのは、七十一歳の吟子さんの家。奇妙な同居生活の中、知寿はキオスクで働き、恋をし、吟子さんの恋にあてられ、成長していく。選考委員絶賛の第一三六回芥川賞受賞作！

青春デンデケデケデケ

芦原すなお　40352-6

1965年の夏休み、ラジオから流れるベンチャーズのギターがぼくを変えた。“やーっぱりロックでなけらいかん”——誰もが通過する青春の輝かしい季節を描いた痛快小説。文藝賞・直木賞受賞。映画化原作。

A感覚とV感覚

稲垣足穂

永遠なる“少年”へのはかないノスタルジーと、はるかな天上へとかよう晴朗なA感覚——タルホ美学の原基をなす表題作のほか、みずみずしい初期短篇から後期の典雅な論考まで、全14篇を収録した代表作。

オアシス

生田紗代　40812-5

私が〈出会った〉青い自転車が盗まれた。呆然自失の中、私の自転車を探す日々が始まる。家事放棄の母と、その母にパラサイトされている姉、そして私。女三人、奇妙な家族の行方は？　文藝賞受賞作。

助手席にて、グルグル・ダンスを踊って

伊藤たかみ

高三の夏、赤いコンバーチブルにのって青春をグルグル回りつづけたぼくと彼女のミオ。はじけるようなみずみずしさと懐かしく甘酸っぱい感傷が交差する、芥川賞作家の鮮烈なデビュー作。第32回文藝賞受賞。

ロスト・ストーリー

伊藤たかみ　40824-8

ある朝彼女は出て行った。自らの「失くした物語」をとり戻すために——。僕と兄アニーとアニーのかつての恋人ナオミの３人暮らしに変化が訪れた。過去と現実が交錯する、芥川賞作家による初長篇にして代表作。

狐狸庵交遊録

遠藤周作　40811-8

遠藤周作没後十年。類い希なる好奇心とユーモアで人々を笑いの渦に巻き込んだ狐狸庵先生。文壇関係のみならず、多彩な友人達とのエピソードを記した抱腹絶倒のエッセイ。阿川弘之氏との未発表往復書簡収録。

父が消えた

尾辻克彦　40745-6

父の遺骨を納める墓地を見に出かけた「私」の目に映るもの、頭をよぎることどもの間に、父の思い出が滑り込む……。芥川賞受賞作「父が消えた」など、初期作品５篇を収録した傑作短篇集。解説・夏石鈴子

東京ゲスト・ハウス

角田光代　40760-9

半年のアジア放浪から帰った僕は、旅で知り合った女性の一軒家を間借りする。そこはまるで旅の続きのゲスト・ハウスのような場所だった。旅の終りを探す、直木賞作家の青春小説。解説＝中上紀

ぼくとネモ号と彼女たち

角田光代　40780-7

中古で買った愛車「ネモ号」に乗って、当てもなく道を走るぼく。とりあえず、遠くへ行きたい。行き先は、乗せた女しだい――直木賞作家による青春ロード・ノベル。解説＝豊田道倫

ホームドラマ

新堂冬樹　40815-6

一見、幸せな家庭に潜む静かな狂気……。あの新堂冬樹が描き出す“最悪のホームドラマ”がついに文庫化。文庫版特別書き下ろし短篇「賢母」を収録！　解説＝永江朗

母の発達

笙野頼子　40577-3

娘の怨念によって殺されたお母さんは〈新種の母〉として、解体しながら、発達した。五十音の母として。空前絶後の着想で抱腹絶倒の世界をつくる、芥川賞作家の話題の超力作長篇小説。

きょうのできごと

柴崎友香　40711-1

この小さな惑星で、あなたはきょう、誰を想っていますか……。京都の夜に集まった男女が、ある一日に経験した、いくつかの小さな物語。行定勲監督による映画原作、ベストセラー!!

青空感傷ツアー

柴崎友香　40766-1

超美人でゴーマンな女ともだちと、彼女に言いなりな私。大阪→トルコ→四国→石垣島。抱腹絶倒、やがてせつない女二人の感傷旅行の行方は？　映画「きょうのできごと」原作者の話題作。解説＝長嶋有

次の町まで、きみはどんな歌をうたうの？

柴崎友香　40786-9

幻の初期作品が待望の文庫化！　大阪発東京行。友人カップルのドライブに男二人がむりやり便乗。四人それぞれの思いを乗せた旅の行方は？　切なく、歯痒い、心に残るロード・ラブ・ストーリー。解説＝綿矢りさ

ユルスナールの靴

須賀敦子　40552-0

デビュー後十年を待たずに惜しまれつつ逝った筆者の最後の著作。20世紀フランスを代表する文学者ユルスナールの軌跡に、自らを重ねて、文学と人生の光と影を鮮やかに綴る長編作品。

ラジオ　デイズ

鈴木清剛　40617-6

追い払うことも仲良くすることもできない男が、オレの六畳で暮らしている……。二人の男の短い共同生活を奇跡的なまでのみずみずしさで描き、たちまちベストセラーとなった第34回文藝賞受賞作！

サラダ記念日

俵万智　40249-9

〈「この味がいいね」と君が言ったから七月六日はサラダ記念日〉——日常の何げない一瞬を、新鮮な感覚と溢れる感性で綴った短歌集。生きることがうたうこと。従来の短歌のイメージを見事に一変させた傑作！

香具師の旅

田中小実昌　40716-6

東大に入りながら、駐留軍やストリップ小屋で仕事をしたり、テキヤになって北陸を旅するコミさん。その独特の語り口で世の中からはぐれてしまう人びとの生き方を描き出す傑作短篇集。直木賞受賞作収録。

ポロポロ

田中小実昌　40717-3

父の開いていた祈禱会では、みんなポロポロという言葉にならない祈りをさけんだり、つぶやいたりしていた――表題作「ポロポロ」の他、中国戦線での過酷な体験を描いた連作。谷崎潤一郎賞受賞作。

さよならを言うまえに　人生のことば292章

太宰治　40956-6

生れて、すみません――39歳で、みずから世を去った太宰治が、悔恨と希望、恍惚と不安の淵から、人生の断面を切りとった、煌く言葉のかずかず。テーマ別に編成された、太宰文学のエッセンス！

新・書を捨てよ、町へ出よう

寺山修司　40803-3

書物狂いの青年期に歌人として鮮烈なデビューを飾り、古今東西の書物に精通した著者が言葉と思想の再生のためにあえて時代と自己に向けて放った普遍的なアジテーション。エッセイスト・寺山修司の代表作。

枯木灘

中上健次　40002-0

自然に生きる人間の原型と向き合い、現実と物語のダイナミズムを現代に甦えらせた著者初の長篇小説。毎日出版文化賞と芸術選奨文部大臣新人賞に輝いた新文学世代の記念碑的な大作！

千年の愉楽

中上健次　40350-2

熊野の山々のせまる紀州南端の地を舞台に、高貴で不吉な血の宿命を分かつ若者たち――色事師、荒くれ、夜盗、ヤクザら――の生と死を、神話的世界を通し過去・現在・未来に自在に映しだす新しい物語文学！

無知の涙

永山則夫 40275-8

４人を射殺した少年は獄中で、本を貪り読み、字を学びながら、生れて初めてノートを綴った——自らを徹底的に問いつめつつ、世界と自己へ目を開いていくかつてない魂の軌跡として。従来の版に未収録分をすべて収録。

マリ&フィフィの虐殺ソングブック

中原昌也 40618-3

「これを読んだらもう死んでもいい」（清水アリカ）——刊行後、若い世代の圧倒的支持と旧世代の困惑に、世論を二分した、超前衛—アヴァンギャルド—バッド・ドリーム文学の誕生を告げる、話題の作品集。

子猫が読む乱暴者日記

中原昌也 40783-8

衝撃のデビュー作『マリ＆フィフィの虐殺ソングブック』と三島賞受賞作『あらゆる場所に花束が……』を繋ぐ、作家・中原昌也の本格的誕生と飛躍を記す決定的な作品集。無垢なる絶望が笑いと感動へ誘う！

リレキショ

中村航 40759-3

“姉さん”に拾われて“半沢良”になった僕。ある日届いた一通の招待状をきっかけに、いつもと少しだけ違う世界がひっそりと動き出す。第39回文藝賞受賞作。解説＝GOING UNDER GROUND 河野丈洋

夏休み

中村航 40801-9

吉田くんの家出がきっかけで訪れた二組のカップルの危機。僕らのひと夏の旅が辿り着いた場所は——キュートで爽やか、じんわり心にしみる物語。『100回泣くこと』の著者による超人気作がいよいよ文庫に！

黒冷水

羽田圭介 40765-4

兄の部屋を偏執的にアサる弟と、執拗に監視・報復する兄。出口を失い暴走する憎悪の「黒冷水」。兄弟間の果てしない確執に終わりはあるのか？史上最年少17歳・第40回文藝賞受賞作！　解説＝斎藤美奈子